Avondstond

&

Caroline Muntjewerf

€oinyard Publishing

ISBN/EAN: 978-90-833964-0-8

Eerste druk, januari 2010
POD Freemusketeers
© 2009 Caroline Muntjewerf
Foto omslag: © 2012 Caroline Muntjewerf

Schrijf u hier in voor de lezerslijst en ontvang uw **gratis** e-book: https://carolinemuntjewerf.kit.com/

Dit boek is opgedragen aan:

Mevrouw van Elzelingen-Troost
(de beste 'chef' die ik ooit gehad heb).

~.~.~

https://cmuntjewerf.com

AVONDSTOND

*D*oor de grauwe kilheid van de lange, nauwe gang duwden Marjan en Paul de brancard door de schemering. Het laken dat losjes over de brancard gedrapeerd was, verried de contouren van een lichaam; het moest een mager, kort mens geweest zijn. De zwakke lampjes, die om de zoveel meter aan de muur waren bevestigd, creëerde grijze schaduwvlekken op het smetteloze laken.

Aangekomen bij het mortuarium, hielden ze stil. Paul deed de deur open en liep naar binnen om het licht aan te doen. De plotselinge helheid die op Marjan's vale gezicht viel, deed haar met haar ogen knipperen. Paul greep de brancard en trok hem de ruimte in. Onverhoeds floepte er een arm onder het laken vandaan. Een bijna onhoorbare kreet ontglipte aan Marjan's lippen. Ze greep naar haar keel.

'Wat is er?' vroeg Paul.

'Kijk dan … die arm. Ik schrik me te pletter!'

Paul keek droogjes naar opzij. 'Zeker de bocht een beetje te scherp genomen.'

Hij trok het laken opzij en probeerde de grijsblauw verkleurde handen van de vrouw weer op elkaar te krijgen.

'Haar mond gaat ook weer open,' zei Marjan, met trillende stem nog. Paul nam een doos uit een kastje en rommelde er wat in. Hij vond een stuk scheurlinnen.

'Hiermee moet het lukken,' zei hij. 'Misschien kan jij alvast een label schrijven, dat moeten ook in die doos zitten.' Met enige moeite lukte het Paul de dode handen van de vrouw aan elkaar te binden. Hij duwde tegen de kin van het lijk en probeerde de mond weer dicht te krijgen terwijl Marjan de gegevens op een label noteerde.

'Weet jij haar geboortedatum uit je hoofd?' vroeg ze.

Paul drukte tegen de kaak van de oude vrouw maar die zakte steeds weer naar onder waardoor de mond open viel; alsof een onzichtbaar elastiek tussen haar kin en borst bevestigd was.

'Achttien november 1912,' zei hij.

'Was ze al zo oud? Weet je het zeker?'

Paul knikte. 'Een van de ouwe garde,' zei hij.

Marjan mompelde wat en schreef de informatie op het label waarna ze er een elastiekje doorheen frummelde om het aan de grote teen van de dode te bevestigen. 'Lukt het met die mond,' zei ze toen.

'Nee, niet echt. Liggen er nog kinsteunen daar?'

Marjan doorzocht het kastje nog eens, keek achterin maar kon niets vinden.

'Dan moet het hier maar mee,' zei Paul en pakte de handdoek die naast de wasbak hing. Hij maakte er een rol van. Terwijl Marjan het hoofd van het lijk tegenhield, propte Paul de handdoekrol onder de kin. Met zijn vingers boetseerde hij de lippen van de vrouw weer een beetje netjes op elkaar. 'Zo wordt ze wel mooi stijf,' zei hij toen.

Marjan bekeek de dode nog eenmaal en trok toen het laken weer over het lijk heen. 'Een mooie jurk aan was beter geweest,' merkte ze op.

'Zeker,' beaamde Paul, 'ze had genoeg jurken hangen, maar volgens de informatie wilde die dochter dat ze een nachthemd aan kreeg.'

Marjan schudde haar hoofd. 'Straks loopt die dochter in de mooie jurken van haar dooie moeder.' Ze liep de koude, kale ruimte uit. Voordat Paul haar volgde, deed hij het rode buitenlampje aan en trok toen de deur van het mortuarium achter zich dicht. Door de kille gangen liepen ze terug naar de afdeling. 'Ik zal proberen of ik nu eindelijk de familie te pakken kan krijgen,' zei Marjan. 'En de arts moet haar nog dood verklaren.'

'Ja, stel je voor, straks springt ze nog van de brancard af,' zei Paul en stootte haar aan.

'Very funny,' zei Marjan, 'ik schrok me anders te pletter. Gaat een dooie ineens met haar armen lopen zwaaien!'

In het afdelingskantoor wasten ze hun handen waarna Paul verse koffie ging zetten.

Marjan kreeg nog steeds geen gehoor bij de familieleden van de in deze nacht overleden bewoonster. Ze legde de telefoon neer en liet zich gapend achterover in de stoel zakken. Ze strekte zich eens flink uit waarna ze uit een van de bureaulades een halfleeg pakje sigaretten tevoorschijn haalde. Het jarenlange roken om de tijd te verdrijven in de lange, meestal saaie, nachtdiensten hadden er voor gezorgd dat ze er jaren ouder uitzag dan iemand van midden dertig. Ze veegde een dorre, kleurloze piek uit haar gezicht toen Paul in de deur van het kantoortje verscheen met in een hand twee mokken en de andere een kan met koffie.

'Pas maar op dat Kees niet merkt dat er in zijn kantoortje wordt gerookt,' zei hij.

Marjan haalde achteloos haar schouders op.

'Zullen we in de huiskamer gaan zitten?' stelde Paul voor.

Marjan kwam moeizaam overeind. 'Niet dat het daar veel gezelliger zit,' zei ze en volgde Paul naar een van de vier huiskamers die deze verdieping rijk was. Ze gingen zitten op de met kunstleer overtrokken stoelen. Marjan trok een extra stoel naar zich toe en rustte daar haar benen op. Met de afstandsbediening klikte Paul de televisie aan. Na enig gezap kwamen ze tot de conclusie dat de tv niks noemenswaardig te vertonen had en lieten ze de muziek van het testbeeld zacht aanstaan.

'Echt comfortabel zijn deze stoelen niet,' zei Marjan.

'Je zou er de hele dag op moeten zitten.'

Paul roerde een lepel suiker door zijn koffie.

'Die huiskamers hier zijn sowieso ongezellig,' ging Marjan verder. 'Ik dacht dat ze daar iets aan gingen doen?' Met de sigaret tussen haar vergeelde vingers plukte ze wat aan de plastic bloemen die op de tafel stonden.

'Dat was wel de bedoeling,' zei Paul, 'maar je weet hoe dat gaat,' en nam een slok van zijn koffie. Hij keek over zijn schouder toen geschuifel in de gang doorklonk tot in de huiskamer. 'Hinloopen weer?' vroeg hij zich af. Langs het raam van de huiskamer slofte een oude vrouw op blote voeten in een lang flanellen nachthemd. Marjan bleef onaangedaan zitten en blies een dikke wolk rook uit terwijl Paul zich omhoog drukte en uit zijn stoel kwam. Met een zucht liep hij op de vrouw af. 'Kom, mevrouw Hinloopen, het is nog te vroeg. U gaat weer naar bed.' Hij pakte haar bij de hand.

' ... Maar ... mijn moeder riep me,' zei de oude vrouw. Haar dunne grijze haar hing als vlas langs haar gezicht.

'Welnee, u hebt gedroomd,' zei Paul.

'Maar, mijn man riep me.'

'Ik heb uw man niet gezien, dat zal u ook wel gedroomd hebben.'

Hij liep met haar een slaapzaaltje in en zonder morren liet ze zich in bed stoppen.

' ... Ik snap er niks van,' mompelde ze.

'Ga nog maar lekker even slapen,' zei Paul.

Ze pakte zijn hand. 'Blijf je bij me?' vroeg het oude mensje.

'Nee, dat gaat nu niet. Ik moet nog werken,' zei Paul.

'Werken? Het is pikkedonker,' zei ze. Ze zuchtte en sloot haar ogen. Paul glimlachte en liep terug naar de huiskamer. Hij ging zitten en schonk de koffiemokken nog eens vol.

ॐ

Als de toegangsdeuren naar de afdelingen Zaagmolen en Korenmolen opengaan wordt de aandacht getrokken naar een landelijk tafereel dat daar is gecreëerd. Een klein gedeelte van de hal is bekleed met grastapijt waar enkele bloembakken opstaan. De planten van kunststof lijken van een afstand nèt echt. In een van de bloembakken huist een klaterend fonteintje dat een stroompje water door de nepbloemen laat vloeien. Er drijven enkele snoeppapiertjes in. Iets naar achter staat een molen van ongeveer anderhalve meter hoog die geflankeerd wordt door twee tuinbanken. De gekooide kanaries brengen de vereiste vogelgeluiden voort, als ze tenminste zin hebben om te fluiten. Enkele bewoners bewegen zich gebrekkig aan dit landschap voorbij. Hun ogen staan dof. Een stukje verderop in de gang is een open ruimte waar allerlei kleurige slingers en zelfgemaakte knutselwerken van bewoners aan de wand hangen. 'De Wiek' is op een groot bord te lezen.

Gearmd met mevrouw Hinloopen sloft meneer Dijkstra door de gang. Mevrouw Eizinga loopt langzaam achter ze aan, zich vasthoudend aan de hand rail. Haar dunne, grijze haar dat de zuster vanochtend met enkele speldjes had vast gestoken, hangt nu in sliertjes langs haar gegroefde gezicht. Haar ene pantykousje is tot haar enkel afgezakt. Ze komen langs een kamer waar allemaal mensen zitten. Meneer Dijkstra wil naar binnen gaan.

'Wat wil je nou?' vraagt mevrouw Hinloopen.

Meneer Dijkstra kijkt naar haar. 'Wil je niet mee,' zegt mevrouw Hinloopen. Meneer Dijkstra laat haar arm los. Hij sloft de kamer in en gaat ergens zitten. Mevrouw

9

Hinloopen vervolgt haar weg. 'Gaat u ook naar huis,' vraagt ze aan mevrouw Eizinga.

'Ik weet het niet.'

'Je weet toch wel of je naar huis gaat.'

' … Ik moet naar de wc.'

'Dan moet je gaan.'

' … Ik weet niet waar 't is … Weet u waar 't is?'

'Moet ik je helpen,' zegt mevrouw Hinloopen.

'Ja? Kan u me helpen?' Haar stem klinkt hoopvol.

'Ja, natuurlijk. Maar dan moet je wel opschieten want m'n zoon komt me zo halen, want ik ga naar huis.' Ze verstevigt haar greep om haar handtas. Samen lopen ze langzaam verder, De Wiek voorbij tot ze bij een molentje zijn aangekomen.

'Is het hier?' vraagt mevrouw Eizinga.

'Wat.'

' … Nou … de wc.'

'Ik weet 't niet.' Mevrouw Hinloopen kijkt in het rond. 'Ik ga 't wel vragen. Ga jij daar maar zitten.' Ze wijst naar een bank bij het molentje. Mevrouw Eizinga waagt een stap maar wankelt.

'Ik durf niet,' zegt ze.

'Waarom niet?'

'Ik ben bang dat ik val.'

' … Geef mij dan maar een hand.'

Mevrouw Hinloopen pakt mevrouw Eizinga bij haar hand, maar ze hebben nog geen twee stappen gedaan als mevrouw Eizinga hijgend zegt: ''t Gaat niet, ga jij maar alleen.' Ze grijpt zich weer vast aan de zekerheid van de handrail.

'Dan moet je het zelf maar weten,' zegt mevrouw Hinloopen.

De deuren bij de uitgang gaan open en een vrouw komt binnen. Mevrouw Hinloopen versnelt haar pas en gaat op de open deuren af, maar voor ze de uitgang kan bereiken, zijn ze al weer dicht. De vrouw draait zich om. 'Dat gaat niet, hoor, mevrouw, ze zitten op slot.'

'Maar ik moet er uit, m'n kinderen komen me zo halen.'

'Dan kunt u beter daar even wachten … Kom maar, straks bezeert u zich nog.'

De vrouw pakt mevrouw Hinloopen bij haar arm en leidt haar weg van de deuren. 'Gaat u hier maar zitten, dan kunnen uw kinderen u zo zien zitten, als ze komen.'

'Ja? Wat een goed idee, zeg.'

Dankbaar neemt mevrouw Hinloopen plaats op een van de banken. Mevrouw Eizinga staat nog steeds met de handen vastgeklemd aan de handrail.

'Wilt u ook niet gaan zitten?' vraagt de vrouw.

' … Ik ben moe,' zegt mevrouw Eizinga.

'Dan gaat u toch zitten? Kom maar, dan help ik u even.'

Ondersteund door de vrouw, komt mevrouw Eizinga voetje voor voetje dichterbij. Met een diepe zucht neemt ze plaats naast mevrouw Hinloopen.

'Zooo. Gaat het weer?' vraagt de vrouw.

De vrouw is plotseling weer verdwenen.

Zwijgend zitten de oude vrouwen naast elkaar op de bank. Af en toe lopen er wat mensen voorbij.

'Mooi is 't hier, hè,' zegt mevrouw Eizinga. Mevrouw Hinloopen plukt wat aan haar rok. 'Je kous is afgezakt,' zegt ze.

'Wat?'

'Je kous … kijk maar … geen gezicht.'

Met een lege blik kijkt mevrouw Eizinga voor zich uit.

'Heb jij ook kinderen?' vraagt mevrouw Hinloopen.

' … Ik weet 't niet.'

'Je weet toch wel of je kinderen hebt.'
' … Vroeger … vroeger had ik wel kinderen. Ik zie ze nooit.'

Er komen een paar mensen uit de gang. Ze openen de deuren om te vertrekken. Mevrouw Hinloopen staat op.

'Wat ga je doen?' vraagt mevrouw Eizinga.

Mevrouw Hinloopen loopt op de deuren af, maar die gaan weer dicht.

Mevrouw Eizinga staat ook op. 'Wacht nou … ' zegt ze.

Als mevrouw Hinloopen aankomt bij de gesloten deuren begint ze er op te bonken. Plotseling gaan ze weer open. 'Hallo. Mevrouw Hinloopen,' zegt de man die binnenkomt. 'Gaat u met me mee?' Hij pakt haar bij haar arm. Mevrouw Hinloopen kijkt hem verbaasd aan. 'Ken ik u?'

'Ja, hoor. Kom maar mee. O, o, mevrouw Eizinga, loopt u weer zonder looprek. Voorzichtig daar.' Ze lopen naar de vrouw toe.

'Geef mij maar een arm, dan gaan we samen,' zegt de man.

'Waar gaan we naar toe?' vraagt mevrouw Eizinga.

'Ik breng jullie naar de huiskamer. Jullie gaan zo eten.'

'Eten?'

'Ja, een boterham, met een lekkere kop thee, of koffie. Heeft u daar trek in?'

'Ik heb wel trek,' zegt mevrouw Eizinga.

'En u, mevrouw Hinloopen? Heeft u ook trek?'

' … Ja, een beetje wel,' aarzelt de vrouw. 'Maar, ik ga zo naar huis. Ik eet thuis wel wat.'

'Maar u kunt toch niet met een lege maag de straat op? Eerst wat eten, hoor! Zo, we zijn er.'

'Zijn we thuis?' vraagt mevrouw Hinloopen.

'Dit is de huiskamer,' zegt de man.

Een zuster is bezig met spullen op de tafels zetten. De man brengt de vrouw naar een stoel.

'Ben jij de uitzendkracht?' vraagt de man.

'Wat?' vraagt mevrouw Hinloopen.

'Dat klopt,' zegt de zuster.

'Ik ben Jurgen, avondhoofd. Red je het hier?'

'Hebt u het tegen mij?' vraagt mevrouw Eizinga.

'Zal wel lukken,' zegt de zuster. Mevrouw Hinloopen staat op en loopt achter de man aan de huiskamer uit.

Op de tafels staan schaaltjes met vlees en kaas, boter, jam en hagelslag. De zuster zet op elke tafel een mandje met brood. Gretig tasten mensen toe en al snel zijn de broodmandjes leeg.

' … Ik heb niks,' zegt mevrouw Eizinga.

'Ik ook niet,' zegt mevrouw Mulder.

'Er is nog genoeg,' zegt de zuster. 'Gaat u al die boterhammen opeten, mevrouw LeBlanc?'

De vrouw stopt een droge boterham in haar mond en smeert grote klodders boter op een andere.

'Moet ik u soms helpen?' vraagt de zuster. Ze schenkt melk in de glazen.

'Mij hoef' je niet te helpen,' mompelt mevrouw LeBlanc met volle mond.

'Wat wilt u drinken?'

'Melk!'

'Lust u er ook koffie bij? Of thee?'

'Ja, dat lust ik ook wel,' zegt mevrouw LeBlanc. Ze propt nog meer brood in haar mond.

'Wat een schrokker,' zegt mevrouw Mulder.

'Koffie of thee?' vraagt de zuster.

'Koffie!' zegt mevrouw LeBlanc met volle mond.

De zuster schenkt de kopjes van de andere mensen ook vol. Mevrouw Eizinga zit wat bedremmeld voor zich uit te kijken.

'Hebt u al wat?' vraagt mevrouw Mulder haar.

'Nee, ze hebben alles al opgegeten.'

'Wie van de dames wil koffie en wie wil thee?' vraagt de zuster.

Mevrouw Mulder reageert voorzichtig: ' … Is er nog brood?' vraagt ze.

'Ja hoor, er is nog genoeg.' De zuster pakt een zak met brood en vult de mandjes bij. 'Zo, ga maar lekker eten. Nee, mevrouw LeBlanc, u heeft genoeg gehad. Eerst de andere mensen!'

Mevrouw Mulder kijkt mevrouw Eizinga aan. 'Wat neem jij?'

' … Brood.'

'Moet je d'r niks op.'

Mevrouw Eizinga kijkt naar wat er allemaal op tafel staat. Dan pakt ze een pot jam.

'Ja, dat is wel lekker,' zegt mevrouw Mulder, 'dat lust ik ook wel.'

Mevrouw Eizinga besmeert haar boterhammen met jam.

'Wilt u er geen boter op?' vraagt de zuster. 'En mevrouw … uh … Mulder. U gaat toch geen droog brood eten?'

Mevrouw Mulder pakt de boter en begint te smeren.

'Wat lust u graag?' De zuster houdt haar een schaaltje met vlees en kaas voor. Mevrouw Mulder pakt er een plak kaas af. De zuster legt op de andere boterham van de vrouw ook een plak kaas. Mevrouw Eizinga pakt haar kopje en wil drinken maar het is leeg.

' … D'r zit niks in,' zegt ze tegen mevrouw Mulder. Mevrouw Mulder pakt ook haar kopje. 'Deze is ook leeg,' zegt ze.

'Heb je nog koffie!' klinkt de barse stem van

mevrouw LeBlanc.

'Ja, hoor,' zegt de zuster en schenkt de kopjes vol. Dan pakt ze een schaaltje van het aanrechtje en loopt naar een man. Ze doet hem een slab voor.

'Zo, meneer Zwartjes, nu bent u aan de beurt. Ik heb lekkere pap voor u. Heeft u daar wel trek in?' De man sabbelt, kwijl loopt uit zijn mond.

'Kijk, daar komt de eerste hap. U zult wel honger hebben, hè?'

Een grommend geluid borrelt op uit de keel van de man. Er komt nog een zuster binnen. 'Hallo,' zegt ze,' schiet het hier al op, Hilly?'

'Ja, gaat wel. Iedereen heeft gegeten en nu ben ik hem aan het doen.'

De zuster pakt iets van een schaaltje en steekt het in haar mond. 'Ik heb alle bedmensen gedaan,' zegt ze. Ze haalt wat lege glazen van de tafels en zet ze in de gootsteen.

Een lang stuk kwijl sijpelt uit de mond van de man.

'Wat een viespeuk!' roept mevrouw LeBlanc.

'Nou, nou, mevrouw LeBlanc. Niet zo lelijk,' zegt de zuster. 'Daar kan deze meneer niets aan doen, hoor.' Met de slab veegt de zuster de mond van de man schoon. 'Hoe laat gaan ze hier naar bed?' vraagt ze. Ze geeft de man nog een hap pap.

'Een paar gaan met ons koffie drinken, maar de meesten doen we zo meteen naar bed. Meneer Zwartjes doen we eerst, die is altijd wel moe.'

'Heeft iedereen genoeg gegeten? Mevrouw Eizinga, drink uw melk 'es op, we gaan zo afruimen!'

' … Ik ben klaar,' zegt mevrouw Eizinga.

'Uw melk staat er nog. Drink 'es op.'

'Mevrouw Mulder, wilt u uw brood niet opeten?'

'Ik hoef niet meer,' zegt mevrouw Mulder.

'En u wilde zo graag kaas op brood. Of wilt u wat anders?'

Mevrouw Mulder kijkt stil voor zich uit. Er komt nog een zuster aan. 'Ik heb hier wat medicijnen,' zegt ze. 'Meneer Zwartjes, mevrouw Hellinga, mevrouw Pastoor en mevrouw Vermeulen.'

'Vermeulen? Die heb ik net gedaan.'

'Ik heb hier nog een pil voor haar. Normison.'

'Die krijgt ze pas om negen uur.'

'O, sorry. Hij stond bij zes uur.'

Mevrouw Eizinga staat op. Steunzoekend aan de stoelen, loopt ze voorzichtig naar de deur.

'Ho, ho, mevrouw Eizinga. Mèt je looprek!' roept de zuster.

Mevrouw Eizinga kijkt verschrikt op. De zuster geeft haar een rek. 'Híer moet je mee lopen. Straks ga je vallen. Je wilt toch niet in het ziekenhuis?'

' ... Nee,' zegt de vrouw. Ze pakt het looprek en probeert een paar stappen.

'Je moet 'm wel optillen anders gaat het niet.'

Voorzichtig beweegt de oude vrouw zich de huiskamer uit. Moeizaam loopt mevrouw Eizinga door de gangen. De rubber doppen van het looprek blijven af en toe steken op het stroeve linoleum. Bij een ruimte met kleurige slingers stopt ze en kijkt in het rond. Zich vasthoudend aan de rugleuningen van de stoelen loopt ze op een tafel af.

'Dag,' zegt ze vriendelijk tegen een man en een vrouw die daar zitten. 'Is deze stoel vrij?' vraagt ze als ze zich voorzichtig manoeuvrerend tussen een paar stoelen begeeft.

'Ja, hoor, ga maar zitten.'

Behoedzaam sloft ze om de stoel heen en gaat zitten. 'Hallo,' zegt ze.

'Woon je ook hier?' vraagt de vrouw.

Mevrouw Eizinga schudt haar hoofd. 'Ik weet het niet precies … Ik woon in de Mozartlaan.'

'Is dat hier?' informeert de vrouw bij de man.

'Wat!'

'De Mozartlaan … Deze vrouw moet naar de Mozartlaan.'

'Dat weet ik niet.'

'Je weet toch wel waar de Mozartlaan is.'

De man kijkt voor zich uit.

'Komt u hier wel vaker?' vraagt mevrouw Eizinga.

'Jaa, wij komen hier elke dag.'

Mevrouw Eizinga kijkt langs de tafel. 'Zou je hier wat kunnen kopen?'

'Ik weet het niet … misschien daar.' De vrouw maakt een hoofdbeweging.

Er komt een man aan in een wit pak. 'Misschien weet hij 't.'

'Zo, luitjes, wat zitten jullie hier gezellig,' zegt hij. 'Wachten jullie op de koffie?'

'Kan je dat hier kopen?' vraagt mevrouw Eizinga.

'Nee, dat krijgt u straks. Voor niks. Alles bij de prijs inbegrepen.'

'Da's goed werk,' zegt de vrouw.

Er komt een zuster aan. 'Jurgen, kan je even komen kijken bij mevrouw Bakker?'

De man strijkt mevrouw Eizinga even over haar schouders en loopt weer weg.

'Dag,' zegt mevrouw Eizinga. 'Aardige man, hè.'

De man en de vrouw zeggen niets. Mevrouw Eizinga kijkt voor zich uit.

Er komt een zuster aan. Ze duwt iemand voort. Ze zet de vrouw ook aan de tafel. 'De koffie komt straks. Daar hebben jullie wel trek in, toch?'

'Ik wel,' zegt de vrouw.
'Hoe heet u?' vraagt mevrouw Eizinga aan de vrouw.
'Ik?'
'Ja.'
'Truus, Truus Pronk, van m'n meisjesnaam.'
'Bent u getrouwd?'
'Jij wil' ook alles weten. Ben jij getrouwd?'
'Ja, ik was wel getrouwd.'
'Is je man dood?'
' … Dat weet ik niet, ik zie 'm nooit.'

₨

Jurgen volgde Magda een van de slaapzaaltjes in. Bij het bed van mevrouw Bakker sloeg ze de deken opzij. 'Moet je zien,' zei ze. Op het dijbeen van de vrouw waren drie parallel lopende bloederige lijnen te zien. Jurgen trok een bedenkelijk gezicht.

'Het lijken wel krabplekken,' zei hij. Hij pakte de handen van de vrouw en bekeek haar nagels. 'Mm. Wie heeft haar geholpen vandaag?'

'Kan iedereen geweest zijn,' antwoordde Magda.

'Staat er niets van in het rapport?'

'Nee. Daarom heb ik jou geroepen.'

Jurgen bekeek de plek nog eens. 'Doe er maar wat Betadine op en een pleister. En meldt het in ieder geval.' Magda dekte de vrouw weer toe en volgde Jurgen het zaaltje uit. Op de gang kwam Mildred haar zuchtend en steunend tegemoet. Het was duidelijk dat Mildred's laatste dieet niet veel vruchten had afgeworpen. 'Hoever ben je?' vroeg ze aan Magda. 'Kunnen we al aan de koffie?'

Magda liep in de richting van het afdelingskantoortje onderwijl opmerkend dat ze eerst het been van mevrouw Bakker moest verbinden. Enkele bewoners sloften achter haar aan, zich vasthoudend aan de handrail. Jurgen pakte ze bij hun arm. 'Kom maar, mevrouw Groen, geef mij maar een arm. Dan gaan we samen.'

Mevrouw Groen keek hem aan. 'Weet u waar het is?'

'Natuurlijk. Meneer Dubois, gaat u ook mee?'

De oude man keek hem wat wantrouwend aan. Zijn ingevallen wangen verrieden dat hij zijn kunstgebit niet in zijn mond had. 'Waar gaan we naar toe?' bromde hij.

'Koffiedrinken. Daar houdt u toch zo van?' Heel even was er een glimlach te zien op het gezicht van Meneer Dubois en geleid door Jurgen liepen ze naar De Wiek.

Mildred had zich naar het kantoortje begeven en leunde tegen de deurpost. Ze observeerde Magda die voor de medicijnkast stond. 'Wat was dat met het been van mevrouw Bakker?' vroeg ze. Magda keek op.

'Krabplekken,' zei ze en pakte wat ze nodig had uit de kast.

'Heeft ze zichzelf gekrabd?'

'Dat weet ik niet, hoor. Ik was er niet bij.' Ze liep langs Mildred terug de gang op. Mildred maakte zich los van de deurpost en ging op zoek naar de uitzendkracht.

'Hilly!' riep ze. Ze liep enkele zaaltjes binnen, maar die waren in schemer gehuld. 'Hilly! Waar zit je?'

Het geluid van stemmen klonk uit het zaaltje waar mevrouw Vermeulen ook lag. Hilly had een tegenstribbelende mevrouw Pastoor tot op haar hemd uitgekleed maar had grote moeite het nachthemd bij haar aan te krijgen.

'Mevrouw Pastoor. Toe nou,' zei Hilly wanhopig.

'Ik wil niet! Ik ben niet moe,' zei de vrouw.

'Weet u wat?' zei Hilly. 'Ik doe u een duster aan en dan kan u nog wat door de gangen lopen.'

'Ik wil niet naar bed.'

Mildred was afgekomen op de stemgeluiden van de

bewoner en de uitzendkracht. 'Als ik u een duster aan doe, hoeft u nog niet naar bed,' hoorde ze Hilly zeggen.

'Nee hoor,' besloot Mildred, 'dat wordt niks. Straks loopt ze weer te zeuren.' Ze pakte het nachthemd uit Hilly's handen en hield het de vrouw voor. 'Mevrouw Pastoor!' zei ze streng. 'Steek 'es in.'

'Ik wil niet naar bed,' zei de vrouw en probeerde weg te lopen. Mildred greep haar bij haar arm.

'Au!'

'Vooruit! Steek je armen in de mouwen!' beet Mildred mevrouw Pastoor toe.

'We kunnen haar toch nog even laten lopen,' probeerde Hilly.

'Nee, ze moet nu. Ze gaat al*tijd* voor de koffie.'

Ruw trok Mildred het nachthemd over het hoofd van de vrouw.

'Hou op, mens,' jammerde mevrouw Pastoor.

'Was ze al op de w.c. geweest?' vroeg Mildred aan Hilly.

' ... Ja. Ze heeft geplast.'

'Goed! Dan kan ze op bed. Je weet waar ze ligt? Vooruit mevrouw Pastoor, lekker op bed en gaan slapen.'

Hilly leidde de vrouw naar haar bed. 'Ga maar liggen, mevrouw Pastoor,' zei Hilly. Ze schudde het kussen wat op en stopte de vrouw in. 'Welterusten.'

De vrouw gaf geen antwoord. Met een zucht verliet Hilly het slaapzaaltje.

De Wiek had zich gevuld met de geur van koffie en de stank van nicotinewalmen. Mildred had het zich gemakkelijk gemaakt, ze nam een flinke trek van haar sigaret en blies de rook voor zich uit. Ze reikte naar haar mok met koffie en nam een slok. Magda, die zojuist de krabwond bij mevrouw Bakker had verbonden, kwam aanlopen om ook even pauze te houden. Hilly volgde haar op de voet. 'Er was een bewoner gevallen op de Korenmolen,' berichtte Mildred. 'Ze zijn haar nu aan het helpen.'

Magda zag een theepot op de balie staan. 'Wie is er gevallen?' vroeg ze.

'Mevrouw de Haas.'

'Heeft ze zich bezeerd?'

Mildred nam nog een trek van haar sigaret. 'Zo te zien niet,' zei ze terwijl de nicotinewalmen uit haar mond stroomden. 'Ze schreeuwde wel erg. Van de schrik, denk ik.'

Hilly ging naast Magda op de bank zitten en schonk zich ook een beker thee in. Een damesblad dat op het tafeltje lag, trok haar aandacht en ze begon er in te bladeren. Magda had haar thee amper op toen ze besloot weer verder te gaan met haar werk, ze wilde als het even kon een trein eerder naar huis nemen.

'Leg mevrouw LeBlanc maar op bed,' zei Mildred toen Magda op stond.

'Voor mevrouw LeBlanc is het nog te vroeg, die gaat pas om tien uur,' zei Magda. Ze baande zich een weg naar een van de tafels. 'Hallo dames. Wil er al iemand naar bed?'

Mevrouw Kuil nam een slokje van haar koffie. De overige bewoners reageerden ook niet.

'Niemand?'

'Ik wil wel naar bed,' klonk het.

Magda draaide zich om. 'Mevrouw Eizinga? Goed, kom maar.'

Met voorzichtig bewegingen stond mevrouw Eizinga op. 'Dág,' zei ze tegen de andere bewoners aan de tafel. Er kwam geen respons van haar medebewoners. Magda hield de vrouw het looprek voor en begeleidde haar naar een slaapzaaltje.

Chiel had de pas er flink in toen hij De Wiek op kwam lopen. 'Wat is het *hier* ongezellig!' merkte hij direct op. 'Waar is de begrafenis?'

Hij begaf zich achter de balie en begon met de stereo te rommelen alvorens hij een CD in het apparaat deed.

'Tilly! Gonnie!' riep hij vervolgens naar zijn collega's. 'Komen jullie ook nog wat drinken?' Uit de boxen klonken de eerste tonen van de muziek van Strauss.

'Hoe is het met mevrouw de Haas?' vroeg Mildred.

Een enkele bewoner was wat gaan deinen, min of meer op de maat van de muziek. Chiel draaide de muziek wat lager. 'Mevrouw de Haas? Misschien gebroken. Jurgen is nu bezig met de ambu-lui. Ze moet voor een röntgen.' Nadat hij Tilly en Gonnie nog eens had geroepen, nam hij plaats bij zijn collega's van de Zaagmolen. 'Jou ken ik geloof ik nog niet,' zei hij tegen Hilly. 'Ik ben Chiel.'

'Hilly,' zei ze en schudde zijn hand.

'Tilly en Hilly,' lachte Chiel. 'Jullie kunnen wel op gaan treden, als smartlappen duo.'

'Nou,' zei Tilly en plofte naast Hilly op de bank, 'da's nog niet eens zo'n slecht idee. Verdient waarschijnlijk beter dan dat hongerloontje wat we hier bij elkaar moeten scharrelen.' Hilly knikte lachend.

Gonnie hield de koffiekan omgekeerd boven een beker maar er kwam niets uit. Ze informeerde of er überhaupt nog koffie was. 'In het keukentje,' antwoordde Mildred en deed pogingen om zich van haar zitplaats te bevrijden, iets wat uiteindelijk lukte. 'Ga je mee, Hilly?' beval ze. 'Neem mevrouw Mulder maar meteen mee, die ligt op het zaaltje bij mevrouw Pastoor.'

Chiel keek zijn collega's aan. 'Hebben we wat verkeerds gezegd, iedereen loopt weg?'

Hij nam de koffiekan van Gonnie over en liep ermee naar het afdelingskeukentje.

Mildred stapte op de tafel af waar meneer Dubois aan zat. 'Je mag met me mee,' zei ze tegen hem.

'Waar gaan we naar toe?' vroeg de man.

'Kom nou maar, dat zal je wel zien.'

'Waarom laat je 'em niet even,' zei Tilly, 'hij heeft nog niet eens z'n koffie op.'

Mildred pakte het kopje met koffie uit de hand van meneer Dubois en liet hem drinken. De man moest proesten toen het kopje bijna leeg was. 'Zó. Op,' besloot Mildred. 'Kom maar mee.'

Meneer Dubois maakte zich los van zijn stoel. 'Gaan zij niet mee?' vroeg hij.

'Nee, die komen straks.'

Hilly was ondertussen met mevrouw Mulder op weg naar haar slaapzaaltje gegaan. 'Bent u moe?' vroeg Hilly haar.

'Nou, moe niet.'

'Maar u wilt wel naar bed?'

' … Ja, je moet toch wat, hè.'

Hilly keek de vrouw zijdelings aan. 'Heeft u nog iets leuks gedaan vandaag?'

De simpele vraag deed bij de oude dame niets noemenswaardigs herleven. ' … Dat weet ik niet,' zei ze.

'Heeft u nog bezoek gehad?'

Mevrouw Mulder haalde haar schouders op. ' … Ik geloof van wel … ik weet 't niet zeker.'

'Zo, we zijn er. Hier is uw kamer.'

'Mijn kamer? Heb ik hier dan een kamer?'

'Ja. Samen met wat andere mensen.'

'O.'

Mildred knoopte de waszakken met vuile was dicht en

legde ze op een kar. De dichtgebonden afvalzakken zette ze ernaast. Hilly hing de schone zakken aan de waskar. 'Wil je nog iets drinken?' vroeg Mildred aan Hilly. Deze knikte. 'Is er fris?'

'Ja, als jij het even pakt, ga ik alvast rapport schrijven … ' ze liep op de rinkelende telefoon in het kantoortje af, 'doe mij ook maar wat fris.'

Mildred ging aan het bureau zitten en nam de hoorn van de haak. 'Met Mildred van de Zaagmolen.' Haar gezicht veranderde van uitdrukking toen ze tegen de persoon aan het andere einde begon te spreken. Opeens leek ze in een andere wereld. Ze graaide naar haar pakje sigaretten en zat met haar rug naar de deur toen Hilly binnenkwam. Deze zette de glazen met fris op het bureau en nam een urenbriefje uit haar tas om het in te vullen. Een plotselinge denderende lach van Mildred deed Hilly's pen uitschieten. Ze fronste een wenkbrauw naar Mildred's achterhoofd toen Gonnie in de deuropening verscheen en vroeg of ze niet iemand misten.

'Hoe bedoel je?' vroeg Hilly.

Mildred draaide zich om. 'Is er iets?'

'Ik vroeg net of jullie niemand missen.'

'Hoezo?' vroeg Mildred.

'Mevrouw Hinloopen zit al de hele avond bij ons in huiskamer vier.'

Mildred trok een verbaasd gezicht. 'Hinloopen? Ik dacht dat die al lang in bed lag.' Ze keek naar Hilly. 'Magda had haar toch gedaan?'

'Ik zou het niet weten,' zei Hilly.

'In ieder geval,' ging Gonnie verder, 'ze zit nu te slapen. Kunnen jullie haar nog even helpen?'

Mildred keek Hilly aan. 'Zou jij uh … ?' begon ze. Hilly stond op volgde Gonnie naar de Korenmolen. 'Sorry, waar waren we gebleven,' vervolgde Mildred haar telefoongesprek.

'Lekker gewerkt?' vroeg Gonnie aan Hilly.

'Ja, hoor.'

'Je eerste keer hier, in dit tehuis?'

'Nee, ik heb al een paar keer boven gewerkt, op de Watermolen.'

'O, dan ken je zeker Laura wel. Heb ik mee in de opleiding gezeten. Tof mens.'

Bij huiskamer vier aangekomen troffen ze mevrouw Hinloopen die met haar gezicht op haar armen een zacht snurkend geluid liet horen.

'Ze heeft hier ook gegeten,' zei Gonnie. 'Dat Mildred haar niet heeft gemist.' Ze schudde mevrouw Hinloopen aan haar schouder. 'Mevrouw Hinloopen... Word 'es wakker.'

Mevrouw Hinloopen kreunde.

'Ze is al in droomland,' zei Hilly.

Gonnie schudde wat harder. 'Mevrouw Hinloopen!'

' ... Jaa,' zei de vrouw slaperig.

'Word 'es wakker! U ligt nog niet in uw bed, hoor.'

Mevrouw Hinloopen richtte haar hoofd op. Haar ene wang was rood, het had het patroon van haar vest aangenomen.

'U mag met deze zuster mee, die brengt u naar uw kamer,' zei Gonnie. De vrouw bleef verdwaasd zitten.

'Kom maar,' zei Hilly en trok haar aan haar arm. De vrouw reageerde kribbig. 'Wat is er nou?'

'U mag met deze zuster mee, ze brengt u naar uw kamer,' zei Gonnie weer.

Mevrouw Hinloopen zuchtte en stond toen op. 'Ik breng u naar uw bed,' zei Hilly. 'Dat is beter dan in een stoel slapen.'

'Waar zijn mijn kinderen?' vroeg de vrouw.

'O, die slapen al lang al,' zei Gonnie.

'Is het dan al zó laat?'

'Ja, vrouw. Toe maar, ga maar met de zuster mee.'

Gedwee liet mevrouw Hinloopen zich meevoeren door Hilly, die de vermoeid uitziende vrouw meenam naar de Zaagmolen.

'Kan ik hier blijven slapen?' vroeg de vrouw.

'Natuurlijk, u heeft hier een bed.'

'O ja?'

Hilly ging met mevrouw Hinloopen een kamer binnen die ze deelde met drie andere vrouwen en begon de vrouw te helpen met uitkleden.

'Zo, nu nog even uw gebit poetsen.'

Zonder morren deed mevrouw Hinloopen haar gebit in het bakje dat Hilly haar voorhield, waarna ze zich naar haar bed liet brengen. Hilly dekte haar toe en wenste haar een goede nacht. 'Ga maar lekker slapen,' zei ze.

Er klonk wat gemompel van onder het dekbed. Hilly borstelde het gebit schoon en ging terug naar het kantoortje waar ze Mildred aantrof die nog steeds met de telefoon aan haar oor zat. Deze maakte een eind aan haar telefoongesprek toen ze merkte dat Hilly klaar was met haar taak. 'Ging het?' vroeg ze.

'Ja, hoor. Kan jij mijn briefje tekenen of moet het avondhoofd het doen?' wilde Hilly weten.

'Jurgen moet het doen. Die zit meestal bij de receptie om deze tijd.'

'Je mag wel gaan hoor,' voegde ze er aan toe toen Hilly wilde gaan zitten. Hilly keek op de klok.

'Ga maar, hoor,' zei Mildred weer. 'Ik wacht op de nachtdienst, die zal zo wel komen.'

'Nou, tot ziens dan maar,' zei Hilly en pakte haar spullen bij elkaar.

'Wel thuis,' riep Mildred haar na. Ze graaide in haar tas en haalde er een bekertje low-fat yoghurt uit.

*M*et een nadenkende uitdrukking op zijn gezicht roerde Kees in zijn koud geworden koffie. Voor hem lagen enkele dienstlijsten, vol met markeringen in de kantlijnen. Een rode pen wiebelde tussen zijn nerveus bewegende vingers. Schuin opkijkend richtte hij zijn blik naar Coby die zojuist het kantoortje binnenkwam om enkele verpleegmappen terug te zetten. Hij keek haar verwachtingsvol aan. 'Hoe zit jij zaterdag?' probeerde hij.

'Kan ik niet,' antwoordde Coby.

Kees liet zijn schouders zakken. 'Ja, Jézus. Ik heb niemand anders.'

'Bel dan het uitzendbureau.'

'Gaat niet … budget,' zei hij binnensmonds. 'Kan jij dan zondag?'

Coby slaakte een diepe zucht. 'Ik heb je toch gezegd dat ik het *hele* weekend wegga.'

Het gezicht van Kees betrok en hij mompelde dat de collegialiteit weer ver te zoeken was. Coby, die altijd haar steentje bijdroeg, reageerde verontwaardigd. 'Kées!'

Hij wuifde haar het kantoor uit. 'Okay, okay. Ga maar weer gauw aan het werk, ik hoor de eetkar al.' Hij greep de hoorn van de haak en toetste een nummer.

'Hallo? Syl? Met Kees,' zei hij, 'hoor 'es, ik zit vreselijk omhoog dit weekend. Al m'n zv-ers zijn ziek, ik heb alleen een paar verpleeghulpen lopen. Kan jij misschien een gediplomeerde missen?'

Hij leunde achterover in zijn bureaustoel. Gespannen tikte hij met zijn pen op het bureau. 'Okay. Dan kom ik straks wel naar je toe … Ja, als het eten erdoor is.'

De gang op de afdeling had zich gevuld met de geuren van het middageten. Met langzame tred bewogen enkele bewoners zich voort. Coby liep ze snel voorbij en voegde zich bij haar collega's in de eerste huiskamer. De vijftien bewoners zaten passief te wachten op wat er komen ging. Tammy kwam ook de huiskamer in en informeerde naar de vrouw van meneer Zwartjes.

'Die komt niet vandaag,' zei Coby. Tammy stelde voor dat zij de man dan zou helpen. 'Wat is er voor hem?'

Lani, die het eten opschepte, reikte haar een bord met daarop een kleurenpalet van groen, grauw en beige. 'Hier, neem deze maar. Hij krijgt gemalen.'

'Wat eten ze vandaag?' wilde Tammy weten.

Lani keek bedenkelijk. 'Het ruikt naar kool,' zei ze en reikte Coby ook een bord met eten aan.

'Is Kees al met de medicijnen begonnen?' vroeg Tammy.

Coby schudde haar hoofd. 'Te druk met de dienstlijst.'

Tammy probeerde meneer Zwartjes een slab om te doen. 'Toe, man, niet zo grijpen,' zei ze tegen hem.

'Je moet *haar* vlees snijden, hoor,' zei Lani tegen Coby die voor mevrouw LeBlanc een bord met eten neergezet had. Coby nam het mes uit de hand van mevrouw LeBlanc om haar te helpen bij het snijden.

'Geef terug!' krijste de vrouw haar toe.

Een ogenblik was Coby van haar stuk gebracht door de agressieve reactie van de vrouw. 'Maar, ik ga u helpen met snijden, mevrouw LeBlanc.'

'Dat hoeft niet! Dat kan ik zelf wel.'

Lani kalmeerde de situatie. 'Kom, kom, mevrouw LeBlanc, laat de zuster u nu even helpen dan gaat het veel beter.'

'Laat je nou helpen,' zei mevrouw Hellinga die naast haar zat.

Grommend bond mevrouw LeBlanc in en liet de zuster voor haar het vlees snijden.

Met een rammelende medicijnkar kwam Kees de huiskamer in. 'Zo, mevrouw LeBlanc, heeft u een beetje trek vandaag?'

Mevrouw LeBlanc gaf geen antwoord, ze was druk bezig haar eten met grote schrokken naar binnen te werken.

'Ik heb wel trek, hoor,' zei mevrouw Eizinga.

'O? Waarom eet u dan niet?'

Mevrouw Eizinga keek naar haar bord, met haar vork prikte ze omzichtig in een groenige massa.

'Ben je er uit gekomen?' vroeg Coby aan Kees.

'Waaruit?'

'De diensten.'

Turend op de medicijnlijst schudde Kees zijn hoofd.

'Mevrouw Eizinga,' spoorde Tammy aan, 'neem 'es een hap. U had toch zo'n trek?'

Een vermagerd vrouwtje met ingevallen wangen, een paar piekjes haar onder haar hoofd gestreken, lag sabbelend met haar hoofd op haar kussen. De zusters hadden haar deze ochtend met haar bed de huiskamer ingereden. Om haar nog wat omgang met anderen te gunnen. Haar kleurloze ogen keken in het niets. Coby probeerde haar iets vloeibaars te eten te geven met een tuitkannetje maar het vrouwtje kreeg niets binnen.

'Heeft mevrouw Vermeulen vanochtend nog wat gegeten?' vroeg ze. 'Het lijkt wel of ze niks wil.'

'Pap en thee,' zei Tammy. 'Zo, meneer Zwartjes. Heeft het gesmaakt?' Ze veegde de kin en mond van de man schoon met de slab. 'Ik ga alvast naar twee. Kees, is mevrouw van der Wal al gespoten?'

'Shit. Vergeten. Ik loop meteen met je mee.'

Lani manoeuvreerde de eetkar de huiskamer uit om ook de bewoners van de tweede huiskamer van een warme hap te voorzien. Al snel kwam eveneens Coby deze huiskamer binnenlopen; mevrouw Vermeulen had tòch niets willen eten. Ze pakte een dienblad van het aanrechtje waar Lani de maaltijden voor enkele mensen die op bed lagen op had gezet. Bij het verlaten van de huiskamer botste Coby bijna tegen mevrouw Eizinga aan die zich aan de handrail vasthoudend langzaam voortbewoog.

'Mevrouw Eizinga!' riep Coby uit. 'Ik schrik me dood! Waar gaat u naar toe?'

'Ik moet naar de wc.'

'Ja, maar, we kunnen u nou niet helpen, hoor. We zijn bezig met 't eten, en u loopt ook weer zonder looprek.'

' … Maar, ik moet zo nodig.'

Kees, die nog steeds bezig was met het verdelen van de medicijnen, pakte de vrouw bij haar arm. 'Kom, mevrouw Eizinga. Ga hier maar even zitten,' hij zette haar op een stoel, 'dan wordt u zo geholpen.'

De telefoon ging over op de pieper van Kees. Zijn gezicht betrok. 'Nu even niet,' zei hij.

Tammy gaf mevrouw Jung snel een hap eten en liep de huiskamer uit om de telefoon aan te nemen. Mevrouw Eizinga was weer gaan staan en baande zich een weg naar de deur.

'Mevrouw Eizinga! Niet alleen gaan lopen! We brengen u zo.'

Tammy was al snel terug en zette mevrouw Eizinga weer op een stoel. Kees deed een beetje vla op een lepel en verschool daar wat tabletten in. 'Even een hapje, mevrouw Kuil,' zei hij. Mevrouw Kuil kauwde net een aardappel weg. 'Toe maar, doe uw mond maar open …Goed zo.'

Bij het pakken van de volgende medicijnen stootte Kees een bekertje met lactulose om.

'Verdomme! Kleverige troep,' zei hij geïrriteerd. 'Hele kar onder.' Hij nam een paar servetten en begon de kleefboel op te ruimen.

'Ik snap niet waarom de bewoners zo volgestopt worden met laxerende middelen,' zei Lani. 'Een sinaasappeltje per dag zou beter zijn.'

'Sinaasappels zitten niet in de zorgverzekering,' zei Tammy. 'Mevrouw Eizinga!'

De vrouw keek verschrikt in Tammy's richting. '… Ik moet naar de wc,' zei ze.

De toiletronde die zoals gewoonlijk *na* het eten gepland was, kwam te laat voor mevrouw Eizinga. Ze was zo incontinent dat Tammy besloot haar snel even te douchen. Ze begeleidde de fris ruikende vrouw terug naar de huiskamer en drukte haar op het hart niet zonder haar looprek te gaan lopen.

'Looprek?' vroeg de vrouw.

'Ja, deze,' zei Tammy en ze zette het looprek pal naast de stoel van de vrouw.

'Dat ding?' wilde mevrouw Eizinga weten.

'Ja. Niet vergeten, hoor.' Tammy liep naar mevrouw LeBlanc en deed haar rolstoel van de rem.

'Waar gaan we naar toe?' vroeg de vrouw met barse stem.

'We gaan even naar de wc,' zei Tammy.

'Ik hoef niet naar de wc!' schreeuwde de vrouw.

'Kom, kom. Even proberen, straks bent u weer nat.' Resoluut reed Tammy de vrouw naar de toiletten.

'Ik ben nooit nat.'

'Da's niet helemaal waar.'

'Ach mens, je zeurt!'

Tammy opende een wc-deur. '… Hier zit al iemand.' Ze opende de volgende deur. 'Nemen we deze.'

Ze zette de rolstoel vlak voor de wc-pot. 'Nu moet u goed gaan staan, en goed hier, aan de beugels, vasthouden.'

Een beetje angstig hield mevrouw LeBlanc zich vast aan de beugels.

'Ga nu maar staan.'

'Het gaat niet!' krijste de vrouw.

'U kunt het best. Toe maar, ik hou u vast.'

Voorzichtig trok mevrouw LeBlanc zich op aan de beugels. 'En nu draaien dan trek ik uw broek naar beneden.'

'Ik kan niet! Ik val!' krijste de vrouw weer.

'U valt niet,' zei Tammy geruststellend. 'Ik sta er toch bij?'

Krampachtig maakte de vrouw de draai. Snel trok Tammy de broek van haar billen en de incontinentieluier weg. 'Ga nu maar zitten.'

Met een plof liet mevrouw LeBlanc zich op de wc-pot vallen.

'En nu rustig blijven zitten, ik kom zo terug,' zei Tammy en gooide de natte incontinentieluier in de afvalbak.

Kees trof Sylvia, de teamleidster van de Korenmolen, in haar kantoortje. Ze keek op van haar werk toen hij binnenkwam.

'Hallo. Okay, het is rond. Ik heb net met Willem geregeld dat Petra dit weekend bij jullie werkt en wij krijgen twee uitzendkrachten.'

'*Twee* extra. Toe maar.'

'Willem was er trouwens niet zo blij mee dat je het niet aan hem had gevraagd,' zei Sylvia.

'Wàt! Ik heb hem wóensdag al gevraagd of er extra hulp op onze afdeling kon komen voor dit weekend. Èn gister!' vervolgde Kees met opgeheven vinger. ''t Is nu vrijdagmiddag en het was nog niet rond.'

Sylvia keek hem aan.

'Wij hebben de meeste zieken onder het personeel en toch moeten we ons in allerlei bochten wringen om extra hulp te krijgen. Jíj vraagt het aan hem en het is zo geregeld.'

Kwaad sloeg hij met zijn hand op Sylvia's bureau. 'Wat doet die man eigenlijk op dat kantoor van 'm?'

Sylvia haalde haar schouders op. 'Sorry Kees,' was alles wat ze zei.

'In ieder geval bedankt,' reageerde Kees.

Op de gang werd hij vastgeklampt door mevrouw Hinloopen. 'O, meneer. Ik kan de uitgang niet vinden en ik moet naar huis,' zei ze bezorgd.

'U hoeft niet naar huis,' zei Kees. 'U woont nu bij ons.'

Verbaasd keek de vrouw hem aan. 'Nee, dat kan niet. Ik heb zelf een huis, ik was hier alleen maar op bezoek. Kan u nu zeggen waar ik er uit moet?'

'Mevrouw Hinloopen, u woont hier bij ons. Kom maar met mij mee, dan gaan we gezellig theedrinken.' Kees nam de vrouw bij haar arm en liep met haar richting De Wiek.

'Hoe weet u mijn naam?' wilde mevrouw Hinloopen weten.

'Ik ken u toch. Ik heb u vanochtend nog geholpen.'

'O, was ik hier vanochtend dan ook?'

'Jazeker, u bent al bijna vijf weken bij ons.'

Mevrouw Hinloopen keek hem verwonderd aan. 'Daar weet ik niks van.'

'Ach, we vergeten allemaal wel eens wat,' zei Kees. 'Kijk, we zijn er. Ga maar gezellig bij deze dames zitten dan krijgen jullie zo thee.'

'Drinkt u geen thee?' vroeg mevrouw Hinloopen.

'Nee, ik heb nog geen tijd.'

'O. Nou, bedankt hoor. U bent een aardige man.'

Met de armen vol kleurige, geurende bloemen kwam Loes
de afdeling op. Turend over de grote bossen zocht ze haar
weg. Bij De Wiek legde ze de bloemen op een tafel. Uit
het keukentje pakte ze grote blokken groene oase uit een
kastje en deed die in een emmer die ze vol liet lopen met
water. Daarna haalde ze de bloemen uit het papier en
knipte de stelen kort. Van de bewoners die voorbij liepen
stond alleen mevrouw Jaspers stil bij deze kleurenpracht.
Ze pakte een bloem op en rook eraan.
    'Da's een tulp mevrouw Jaspers,' zei Loes, 'die ruiken
niet erg. Hier, probeer deze maar.' Ze gaf de vrouw een
fresia. Mevrouw Jaspers bekeek de bloem en rook eraan.
'O, wat ruikt die lekker,' zei ze.
    'Ga maar zitten, vrouw. We gaan zo bloemstukjes
maken, dan kunt u fijn meedoen.'
    'O ja? Mag dat?'
    'Maar natuurlijk. U doet toch altijd mee?'
    Mevrouw Jaspers ging zitten en begon wat bloemen
bij elkaar te zoeken.
    Samen met mevrouw Hellinga liep mevrouw
Hinloopen De Wiek voorbij. Mevrouw Hinloopen sloeg
een blik de ruimte in maar zonder interesse te tonen
vervolgde ze haar weg. Loes trok de beide dames aan hun
vestje. 'Komen jullie, dames? We gaan bloemstukjes
maken.'
    Mevrouw Hellinga keek op, mevrouw Hinloopen was
zich niet zeker.
    'Kom maar,' zei Loes en pakte een ieder bij een arm.
'Het wordt heel mooi. U houdt toch wel van bloemen?'
    'Ik heb bloemen in mijn eígen tuin,' zei mevrouw
Hinloopen.
    Loes trok voor beide vrouwen een stoel bij. 'Ga maar

zitten,' overreedde ze tevens mevrouw Hinloopen. 'We gaan straks ook koffie drinken.'

Karin kwam eraan met mevrouw Mulder aan haar arm, mevrouw LeBlanc die in haar rolstoel zat, duwde ze voort. 'Loes, ik heb nog een paar klantjes voor je. Waar wil je ze hebben?'

Loes keek gereserveerd. ' … Uh,' haar stem klonk zachtjes, 'mevrouw LeBlanc heb ik er eigenlijk nooit bij. Die kan zo lelijk doen.'

'O. Nou ja, ik vroeg of ze wilde en toen zei ze, ja.'

'Nou, goed dan. Maar als het niet gaat, moeten jullie haar komen halen.'

In het keukentje begon Loes koffie voor te bereiden voor de bewoners die mee mochten doen met de knutselochtend. Daarna ging ze naar de Korenmolen om te zien of ze daar nog een paar bewoners kon ronselen. Ze vroeg enkele bewoners, die aan tafels in de huiskamer zaten, of ze wilden knutselen. Er kwamen geen reacties. Eén bewoner zat met zijn hoofd in zijn nek te snurken, een ander keek nietszeggend voor zich uit. Een vrouw staarde uit het raam, alsof ze daar, buiten, iets bespeurde.

'Jullie bewoners zijn niet erg enthousiast vandaag,' zei Loes tot slot tegen Sylvia die in haar kantoortje zat te schrijven. Sylvia keek op.

'Meestal willen mevrouw de Haas en Jaspers wel …'

'Jaspers heb ik al.'

' … Meneer Geel en een paar van unit vier.'

Loes ging weer op pad en nam José waar, iets verderop in de gang. Ze liep zojuist de vierde huiskamer binnen, waar mevrouw Donker wel interesse scheen te hebben in een ochtendje knutselen. Met José's hulp werd de vrouw overgeheveld in een rolstoel. Mevrouw Ceder ging ook mee en werd met een stoeltjeslift naar De Wiek gebracht.

'Tante Truus, kom je ook?' vroeg José aan de vrouw.

'Waar gaan we naar toe?'

'Naar De Wiek, bloemstukjes maken,' verduidelijkte Loes.

'O, dat wil ik wel,' zei de vrouw. Ze stond op en liep achter José en Loes aan.

De afdeling Zaagmolen had eveneens nog een paar bewoners naar De Wiek gebracht. Enkele tafels werden aan elkaar geschoven zodat iedereen er als een grote, gezellige groep omheen kon zitten. Nadat Loes iedereen van een kopje koffie had voorzien, sneed ze de oase in stukken en deed dat in plastic bakjes. Deze verdeelde ze onder de bewoners. Vervolgens spreidde ze de bloemen uit over de tafels.

'Vandaag gaan we bloemstukjes maken,' zei Loes. Mevrouw Jaspers liet haar een bosje bloemen zien.

'Ja, vrouw, erg mooi,' zei Loes. 'Doet u ze maar in dat bakje … Zal ik het even voordoen?' Loes pakte een bakje en stak er de bloemen in met wat groen.

'Kijk,' zei ze, 'zo moet het worden.' Ze hield het bakje omhoog. Enkele bewoners begonnen in de bloemen te graaien. Willekeurig werden her en der bloemen in de bakjes gedaan. Mevrouw Eizinga stak enkele bloemen in haar koffiekopje.

'Nee mevrouw Eizinga,' zei Loes terwijl ze opstond. 'Het kopje is voor de koffie, de bloemen moeten hier in.' Ze zette een bakje voor mevrouw Eizinga neer. 'Zo, doet u uw bloemetjes hier maar in.'

Mevrouw Eizinga probeerde een bloem in de oase te steken maar de steel van de tulp knakte elke keer dubbel.

'… Het lukt niet,' zei de vrouw.

'Jawel,' zei Loes. Ze nam de tulp over van mevrouw Eizinga en prikte met haar vinger een gaatje in de oase waarna ze de tulp er in stak. 'Ziet u wel? Doet u nu de rest

maar.'
Mevrouw Pastoor pakte het bakje bij mevrouw Groen vandaan, nu had ze er twee voor haar neus. Loes nam het bakje en zette het weer voor mevrouw Groen neer. 'Wel met uw eigen bakje werken, hoor,' zei ze tegen mevrouw Pastoor. 'Gaat het mevrouw Hinloopen?'

Mevrouw Hinloopen was bezig enkele bloemen te ontwarren.

'Welke wilt u? Deze?'

'Ja.'

'Dat is een narcis.'

'Ja. Dat weet ik ook wel,' zei mevrouw Hinloopen.

Met de achterkant van een theelepeltje maakte Loes een gaatje in de oase zodat mevrouw Hinloopen de narcis er in kon steken.

'O, mevrouw Jaspers!' riep Loes uit. 'Die van u is mooi geworden, zeg.'

De vrouw keek wat verlegen voor zich uit, van achter haar bloemstukje.

'Is mijne niet mooi, dan,' klonk de diepe stem van mevrouw Pronk.

'Maar natuurlijk, tante Truus. Alleen, die van u is … anders.'

Loes nam het onooglijke bouwwerk van mevrouw Pronk om het van dichtbij te kunnen bekijken. 'Heel apart,' zei ze.

'Afblijven!' blafte mevrouw LeBlanc mevrouw Donker toe. Enkele bewoners keken verschrikt opzij, er klonk gemompel.

'Mevrouw LeBlanc,' suste Loes, 'er zijn genoeg bloemen voor iedereen.'

'Ze heb toch zelf,' gromde de vrouw.

Loes gaf mevrouw Donker enkele fresia's. 'Neemt u deze maar, die ruiken heel lekker.'

Mevrouw Eizinga was niet erg opgeschoten met haar bloemstukje. Ze keek voor zich uit, haar handen rustten in haar schoot.

Loes schonk de bewoners nog een kopje koffie in. Uit haar tas haalde ze enkele pakjes met chocolaatjes die ze op een schaaltje deed. 'Kijk? Ik heb lekkere chocolaatjes meegenomen.'

Ze verdeelde de lekkernij waarna ze plaats nam tussen de bewoners.

'Vonden jullie het leuk?' vroeg Loes.

Enkele bewoners knikten.

'Lekker,' zei mevrouw Pronk terwijl ze op haar chocolaatje sabbelde.

'U hebt vroeger een bloemenwinkeltje gehad, toch, mevrouw Jaspers?' merkte Loes op.

'Ja,' zei mevrouw Jaspers met een blij gezicht. 'Tegenover het station. Weet u waar dat is?'

'Had jij vroeger een bloemenwinkel?' vroeg mevrouw Pronk aan Loes.

'Nee, déze mevrouw,' zei Loes, wijzend naar mevrouw Jaspers.

'Heb je die nou nog? Die winkel?' vroeg mevrouw Pronk.

'Nee, mijn man kwam te overlijden en toen moest het verkocht,' zei mevrouw Jaspers.

'En je kinderen?' Deze keer mengde mevrouw Hinloopen zich ook in het gesprek.

'Ik denk niet dat mevrouw Jaspers kinderen had,' zei Loes.

'Had je geen kinderen? Ik heb wel kinderen,' zei mevrouw Hinloopen.

'Ik ook,' zei mevrouw Jung.

'Mevrouw Jung heeft wel zes kinderen,' verduidelijkte Loes.

'Hebt u wel zes kinderen? Wat een huis vol, zeg!'

'Ja , eigenlijk had ik er zeven, maar een is gestorven … In de oorlog, dat was toen zo.'

De geurende bloemen trokken de aandacht van Kees toen hij De Wiek voorbij liep. Vluchtig stak hij een hand op naar Loes. In het afdelingskeukentje liet hij een kan vollopen met koffie uit het koffieapparaat waarna hij zich een weg baande naar het kantoortje van Roos, het afdelingshoofd. Ze was zojuist bezig enkele kopjes op haar bureau neer te zetten. Een kalende, gedrongen man had plaats genomen voor het bureau van Roos.

Kees stak zijn hand uit. 'Dag, meneer … '

'De Bruin,' zei de man en gaf Kees een hand.

'Kees Hoeksema. Ik ben de teamleider van de Zaagmolen. Wilt u koffie?'

'Graag.'

Kees schonk de kopjes vol en ging zitten.

'Mijn vrouw kon helaas niet meekomen,' verontschuldigde de man zich.

'Dat geeft niet, meneer de Bruin.'

'We hebben de informatie over uw moeder … ' begon Roos.

'Tante,' viel meneer de Bruin haar in de rede, onderwijl in zijn koffie roerend. 'Ze is mijn tante.'

Roos keek nog eens op het formulier. 'O. Sorry. Uw tante. Ja, volgens de rapporten van de psycholoog en het Riagg voldoet ze aan de eisen om bij ons opgenomen te worden. Hebt u zich al een beetje op de hoogte gebracht van de situatie in ons huis?'

De man legde zijn theelepeltje weer op het schoteltje.

'Een week geleden, zijn we wezen kijken. Toen bekend was dat ze … tante, hier misschien terecht kon.'

'Bent u toen rondgeleid?'

'Nee. Dat niet. We hebben alleen een beetje

rondgekeken.'

'Was uw tante erbij?'

'Nee,' zei meneer de Bruin beslist. 'Nee, dat leek ons niet verstandig. Dan was ze misschien wel helemaal van de kook geraakt.'

'Och, meneer de Bruin, dat valt doorgaans wel mee, hoor,' zei Roos.

'Het is juist goed om de betreffende persoon kennis te laten maken met het tehuis,' viel Kees haar bij, 'zodat het niet helemaal vreemd voor ze is.'

Roos las de informatie in het rapport nog eens na.

'Uw tante is toch niet zo ver heen dat ze helemaal niets meer weet,' zei ze. 'Het zou wel goed zijn haar eerst even met het tehuis kennis te laten maken.'

Meneer de Bruin keek haar bedenkelijk aan. 'Dat is een beetje moeilijk. Ziet u, we hebben een eigen zaak en we kunnen er niet altijd zo maar even tussen uit.'

'Ja, of dit weekend,' opperde Kees.

Roos richtte haar blik nog eenmaal op het rapport dat voor haar lag. 'Bent u de enige verwanten van mevrouw Oostenbrink? Had ze nog kennissen, vrienden?'

'Ze had een stel hele goeie vrienden in Utrecht,' verduidelijkte meneer de Bruin. 'Die zochten haar ook regelmatig op, maar vorig jaar waren ze betrokken bij een auto-ongeluk. Tragisch, de man was op slag dood, de vrouw volgde toen een paar maanden later.' Hij haalde zijn schouders op. 'En ja, toen had tante niemand meer … Behalve ons dan, en zoals ik al zei, mijn vrouw en ik hebben weinig tijd.' Hij keek bedroefd. 'U moet begrijpen, het is niet dat we niet voor tante *willen* zorgen, maar … '

'Niemand verwijt u iets, meneer de Bruin,' haastte Kees zich te zeggen. 'Maar zoals u tante nu is, kan ze ook moeilijk thuis verzorgd worden.'

'Dat komt alleen maar door de klap,' zei de man,

'vroeger was ze nooit zo. Ze deed altijd alles zelf, ging overal naar toe … '

'Zoiets zien we wel vaker, meneer de Bruin,' zei Roos. 'Alles gaat prima en dan door iets heel ingrijpends kunnen mensen erg van slag raken. Daar kan niemand iets aan doen. U ook niet.'

Meneer de Bruin reikte naar zijn kop koffie die ondertussen afgekoeld was.

'Laat ik u een nieuwe inschenken,' zei Roos en voegde de daad bij het woord.

'Als u de koffie opheeft, zal ik u de afdeling laten zien,' zei Kees. 'En als u ondertussen nog vragen heeft?'

Meneer de Bruin roerde wat melk door zijn koffie. Zijn gezicht stond nadenkend. 'Denkt u, dat het weer beter met tante zal gaan als ze hier een tijdje verzorgd is?'

Kees en Roos keken elkaar vluchtig aan.

'Ziet u,' ging de man verder, 'we willen tante's huisje nog niet verkopen omdat we hopen dat haar geestelijke toestand zich weer zal verbeteren.'

Zijn gezicht klaarde op. 'Misschien is ze over een paar maanden wel weer helemaal de oude.' Hij keek hoopvol van Roos naar Kees.

'Dat is moeilijk te zeggen, meneer de Bruin,' zei Kees. 'Alles wat wij kunnen doen, is het uw tante zoveel mogelijk naar de zin te maken.'

Peinzend nam meneer de Bruin enkele slokken van zijn koffie.

'Worden de mensen hier nog beziggehouden?' vroeg hij toen. 'Ik bedoel, wat is er zoal te doen?'

'Er zijn activiteitenbegeleidsters,' antwoordde Roos, 'die houden de bewoners een paar maal per week bezig. Ze doen ook wel eens de ontbijtprojecten.'

'De ontbijtprojecten?'

'Ja, wij hebben 's ochtends heel weinig tijd om de

bewoners te begeleiden bij het ontbijt,' verduidelijkte Kees, 'en dat doen zij dan.'

'O. En wat voor activiteiten zijn er zoal?'

'Bloemschikken, dat was vanochtend, knutselen, voorlezen. Soms gaan ze met een paar bewoners, die nog redelijk zijn, naar de markt of naar de dierentuin.'

'Gaan de mensen ook wel eens een dagje uit? Tante hield erg van reizen, ziet u.'

'Ja … ' begon Kees.

'Eenmaal per jaar is er een bewonersvakantie,' ging Roos verder. 'Als er genoeg interesse is. Zal Kees u nu even de afdeling laten zien?'

Meneer de Bruin zette zijn half leeggedronken kopje koffie neer en volgde Kees die hem voor ging de afdeling op. Bewoners sloften langzaam over de gangen. Een schoonmaakster met bezem veegde langs hen heen het stof bij elkaar.

'Hier zijn enkele slaapzalen,' wees Kees. 'Daar hebben we de toiletten.'

Meneer de Bruin volgde Kees oplettend. 'Douches. Waar zijn de douches?' vroeg hij.

'We hebben een badkamer met een bad en een douche. Loopt u maar even mee, dan laat ik het u zien.'

In de huiskamers zaten bewoners met onbewogen gezichten voor hun borden met eten. Het rook naar braadlapjes, iets te gaar. Meneer de Bruin stak zijn hoofd naar binnen. 'Eet smakelijk,' zei hij. Niemand reageerde.

Ze liepen verder tot ze bij de badkamer aangekomen waren. 'Kijkt u eens,' zei Kees. Hij opende de deur.

'Is dit de enige badkamer?' vroeg meneer de Bruin.

'Ja, maar even verderop zijn nog twee douches, met een paar extra toiletten.'

'Drie douches,' merkte meneer de Bruin op. 'Hoeveel mensen zijn er op deze afdeling?'

'Bewoners bedoelt u? Doorgaans dertig,' antwoordde Kees, 'maar niet alle bewoners maken gebruik van de badkamer. De meesten worden door ons gewassen en dat gebeurt meestal bij de wasbak. Ik zal u het slaapzaaltje laten zien waar uw tante komt te liggen.'

Even verderop deed hij een deur open. Ze betraden een kleine ruimte waar aan een zijde twee wasbakken, aan de andere zijde twee toiletten te zien waren.

'In die kastjes staan de persoonlijke eigendommen van de bewoners, zoals toiletspullen en dergelijke,' wees Kees. 'Handdoeken en washandjes hier.' Hij opende een langgerekte kast met wit en blauw linnengoed. 'Incontinentie materiaal in deze.'

Meneer de Bruin keek het allemaal aan. 'Incontinent is tante niet,' zei hij.

Kees opende de volgende deur. 'Hier is de slaapzaal. Uw tante krijgt dat bed, bij het raam.'

'Slapen ze allemaal met vier op een kamer?' vroeg meneer de Bruin, de situatie gadeslaand.

'De meesten. We hebben drie tweepersoonskamers, maar die zijn bezet.'

Meneer de Bruin leek onaangedaan. 'Is er eigenlijk nog plaats voor persoonlijke eigendommen, zoals een stoel of een radio? Zodat het een beetje vertrouwd voor haar is.'

'Die mogelijkheid bestaat,' zei Kees. 'Ook als ze liever haar eigen sprei wil gebruiken dan kan dat. En zoals u ziet, is er achter het bed plaats voor foto's en kaarten.'

Meneer de Bruin knikte terwijl hij een blik richtte op de overeenkomende prikborden die boven de bedden waren gemonteerd.

'En hier zijn de kledingkasten,' zei Kees. Hij wees op vier identieke kasten van bruinkleurig spaanplaat. Ze stonden twee aan twee tegen de muur bij de betreffende bedden. 'De naam van de bewoner komt vanzelfsprekend op de kastdeur.'

Er was weer een kast zònder naam, zag meneer de Bruin.

Kees liep meneer de Bruin voor, terug de gang op.

'Als u nog vragen heeft, kunt u altijd even bellen,' zei Kees.

Meneer de Bruin schudde Kees de hand. 'Bedankt zover,' zei hij en liep naar de uitgangsdeuren.

'Ik loop met u me,' zei Kees. 'U kunt er namelijk zo niet uit.'

'O ja, u hebt gelijk,' herinnerde meneer de Bruin zich.

'Misschien is het handig ook zo'n steeksleutel aan te schaffen als u uw tante regelmatig wilt bezoeken.'

Meneer de Bruin knikte. Met gebogen hoofd liep hij door de deuren.

'Tot ziens,' zei Kees.

Na een hectische dag, wat meer regel dan uitzondering was, en nu de dagdienst er bijna opzat, leek de rust weergekeerd op de afdeling. Enkele bewoners bewogen zich gestaag voort door de eindeloze gang -de afdelingen waren zo ingedeeld dat ze in een vierkant op elkaar aansloten- anderen zaten achter half leeggedronken kopjes thee voor zich uit te staren in de huiskamers.

Kees kwam uit zijn kantoortje om zijn personeel bij elkaar te trommelen voor de overdracht. In het voorbijgaan herinnerde Roos hem aan de themadag en gaf hem een vel papier met details. Vluchtig bekeek Kees dat wat hem zojuist in zijn handen was gedrukt.

'Meiden! Komen jullie voor de overdracht?' riep hij.

Tammy stak haar hoofd om de hoek van de eerste huiskamer. Karin kwam uit het afdelingskeukentje met een beker thee.

'Coby!' riep Kees. Hij ging zijn kantoortje binnen en prikte het vel papier dat Roos hem zo even had gegeven op het mededelingenbord.

Karin's nieuwsgierigheid was gewekt en ze las wat er zoal te gebeuren stond op de themadag. 'Is het de bedoeling dat we dat per afdeling zelf regelen?' vroeg ze aan Kees. Deze haalde onverschillig zijn schouders op. ''t Is Roos haar feestje,' zei hij. 'Ik heb vakantie die week.'

Karin ging zitten en al snel kwamen Tammy en Coby ook opdagen. Mildred plofte op een stoel, nog niet omgekleed voor haar avonddienst. Tammy pakte haar aantekeningen erbij en stak van wal. 'Mildred, let er alsjeblieft op dat mevrouw van der Wal vanavond die boterham krijgt om negen uur.'

Mildred knikte.

' ... Mevrouw Bakker. Denk om de doorleg plek, ze moet zoveel mogelijk op haar zij liggen.'

'Ik leg haar altijd op haar zij,' verdedigde Mildred zich. 'Ze rolt vanzelf op haar rug.'

'Dan stop je een kussen tegen haar rug,' zei Kees.

'Meneer Heukelom,' vervolgde Tammy, 'bleef op bed vandaag, even tempen vanavond.'

'Wat heeft 'ie?' wilde Mildred weten. Tammy haalde haar schouders op. 'Onduidelijk, grieperig.'

Ze werden onderbroken door mevrouw Hinloopen die het kantoortje binnenkeek. 'Dág,' zei ze. 'Ik moet naar huis. Kunt u mij zeggen waar de uitgang is?'

Coby, die het dichtst bij de deur zat, wees in het wilde weg. 'Die kant op.'

'Die kant?'

'Ja. Aldoor rechtdoor, dan komt u d'r vanzelf.'

Mevrouw Hinloopen vervolgde haar weg. Het personeel keek elkaar wat moedeloos aan.

Coby wilde net beginnen háar bijzonderheden te

delen met de collega's toen er een lange, slanke vrouw in opzichtige kleding op de deurpost van het kantoortje klopte. Ze keek wat afwachtend de gezichten langs.

'Goede middag,' zei ze toen. 'Mag ik iets vragen?'

'Ja, hoor,' zei Kees.

'Ik ben de dochter van mevrouw Vermeulen. U zult mij wel niet kennen,' vervolgde ze verontschuldigend, 'mijn zuster bezoekt moeder meestal, maar, ik wilde graag weten hoe het met haar is.'

Kees keek Karin aan. 'Zou jij haar even … ? Jij staat meestal op die kant.'

Karin zette haar beker neer en stond op. 'Loopt u maar mee. Heeft u al bij uw moeder gekeken?'

De vrouw schudde haar hoofd en glimlachte verontschuldigend. 'Ik weet eigenlijk niet eens waar ze ligt.'

Coby ging verder met overdragen en benadrukte de valgevaarlijke mevrouw Eizinga. 'Kan ze niet gefixeerd, zoals mevrouw Quist?' vroeg ze met haar blik naar Kees gericht. 'Die valt zich nog 'es een collum.'

'Het is veel beter als mevrouw Eizinga vast zit,' zei Mildred beslist. 'Vooral in de avonddienst kan je niet overal tegelijk zijn.'

Coby keek Tammy veelbetekenend aan.

'Mevrouw Eizinga is nog vrij zelfstandig, die kan je niet zomaar vast zetten,' zei Kees. 'Gewoon goed opletten dat ze haar looprek bij zich heeft.'

'Zou een rollator niet beter voor haar zijn,' opperde Tammy. 'Ik denk niet dat ze goed met dat looprek overweg kan.'

Kees knikte. 'Heb ik al besproken met fysio, verzoek is ingediend.'

De vrouw volgde Karin naar het zaaltje waar

mevrouw Vermeulen lag. 'Ik kom eigenlijk nooit op bezoek,' zei ze, er klonk iets van schaamte door in haar stem. 'Ik woon nogal ver weg en heb geen contact met mijn zuster.'

Karin deed de deur naar het slaapzaaltje open.

'Door puur toeval hoorde ik dat het niet zo goed gaat met moeder,' vervolgde de vrouw.

'Ze ligt inderdaad al een tijdje op bed,' zei Karin. Ze trok het gordijn, dat rond het bed hing, opzij. 'We rijden haar ook wel eens naar de huiskamer.'

'In een rolstoel?' vroeg de vrouw. Ze keek wat wantrouwend naar het sterk vermagerde vrouwtje dat daar voor haar in het bed lag.

'Nee, met bed en al,' zei Karin.

Schoorvoetend liep de vrouw naar het hoofdeinde. 'Dag, moeder,' zei ze zachtjes. Ze streek het oude vrouwtje over haar dunne piekjes haar. 'Wat is ze mager geworden,' stelde de dochter vast. 'Wat mankeert haar eigenlijk?'

'Ouderdom,' zei Karin. 'Afgelopen winter heerste hier een griepvirus en daar is ze nooit helemaal van hersteld.'

'Ik dacht dat die oudjes hier allemaal een griepprik kregen?' Haar stem klonk iets luider nu. 'Heeft ze die niet gehad?'

'Jawel, maar die helpen ook niet altijd.'

De vrouw keek Karin onderzoekend aan en richtte vervolgens haar blik weer op haar moeder. 'Moeder, ik ben het … Lucy.'

Mevrouw Vermeulen reageerde niet. 'Moeder, kijk eens.' Ze pakte de magere hand van de vrouw. De huid was doorzichtig als glas, blauwe aderen waren te zien en de gewrichten rustten tegen het dunne vel.

'Hoort ze me wel?' vroeg de vrouw aan Karin.

'Ja, hoor. Maar ze kan niet veel meer, ze wordt ook overal mee geholpen.'

'Eet ze nog wel goed?'

'Ze krijgt alles gemalen en vloeibaar.'

'Is dat zo? En ze was altijd zo'n flinke eter!'

'Dat heeft daar niets mee te maken. Ze kan het gewoon niet meer weg krijgen.'

Lucy streek haar moeder over de ingevallen wang. 'Heeft ze haar gebit dan niet in?'

'Al een tijd niet meer. We kregen het niet meer in.'

De dochter keek Karin aan.

'Het is besproken met de familie,' verduidelijkte Karin.

De vrouw schudde haar hoofd en keek bezorgd naar haar moeder. Ze streek haar nog eens zachtjes over haar ingevallen wang. 'Wat zijn haar kansen dan?' vroeg ze na enige ogenblikken.

'Alles wat wij kunnen doen, is goed voor haar zorgen,' zei Karin.

'Ik … Is hier een stoel? Ik wil graag even bij haar zitten.'

Karin pakte een stoel uit de wasruimte en zette die voor de vrouw bij het bed. 'Als u nog iets weten wilt, moet u maar vragen,' zei Karin voordat ze het zaaltje uitliep.

℞

Mevrouw Hinloopen loopt langzaam voort. Er zijn weinig mensen onderweg. 'De wiek,' mompelt ze. Bij een tafel blijft ze staan. Ze kijkt naar een bakje met bloemen dat daar staat. Ze pakt er een bloemetje uit en loopt langzaam verder door een kale gang. Bij een kamer met mensen kijkt ze naar binnen. 'Dág,' zegt ze. Niemand kijkt op, niemand zegt iets terug.

'Wat een dooie boel,' mompelt ze.

Ze loopt naar binnen en gaat ergens zitten. Haar handen, die het bloemetje omvatten, rusten in haar schoot.

'Hallo, mevrouw Hinloopen. Bent u aan het buurten?'

Mevrouw Hinloopen kijkt op naar de zuster.

'Komt u bij ons eten?' vraagt deze.

' ... Ik weet niet. Ik moet nog naar huis,' zegt mevrouw Hinloopen.

'Wilt u niet eerst een boterhammetje eten?'

Mevrouw Hinloopen kijkt naar haar. De zuster zet bordjes en kopjes op de tafels. Ook brood en boter.

'Ik heb geen geld,' zegt mevrouw Hinloopen.

'Geeft niet,' zegt de zuster. 'Ik trakteer.'

Mevrouw Hinloopen glimlacht. 'Ik heb wel trek,' zegt ze. 'Ik heb de hele dag nog niks gehad.'

De zuster pakt haar bij de hand. 'Kom maar. Geeft u dat maar hier.' Ze neemt het bloemetje van de vrouw af.

'Kunt u dat in een vaasje zetten?' vraagt mevrouw Hinloopen. 'Die heb ik onderweg geplukt.'

'Ja hoor. U kunt bij deze dames zitten.'

Mevrouw Hinloopen gaat aan de tafel zitten. Ze neemt wat brood uit een mandje en doet er boter op. De zuster houdt hun een schaaltje voor, met kaas en vlees. Ze krijgen ook iets te drinken. Thee en melk. Er komt een oude man de kamer binnen. Bij de tafel van mevrouw Hinloopen blijft hij staan. Hij pakt een stukje brood van een bordje van een van de vrouwen.

'O, meneer Geel, dat is van die mevrouw. Kom maar, u mag hier zitten.'

De man krijgt ook brood en drinken van de zuster. 'Niet meer van de andere mensen pakken, hoor,' zegt ze.

Mevrouw Hinloopen steekt een laatste stukje brood in haar mond en staat op.

'Gaat u weer, mevrouw Hinloopen? Wilt u niet nog wat eten?'

'Nee. Ik moet nu echt naar huis. M'n kinderen wachten op me.'

De zuster lacht naar haar. 'Nou, tot ziens dan maar.'

'Bedankt hoor.'

De zuster begint het aanrechtje op te ruimen. Het verlepte bloemetje gooit ze in de afvalbak.

Meneer Dubois schuifelt door de gang. Een vrouw met een mooie jurk aan loopt naast hem. 'Gaat u ook om de koffie?' vraagt ze.

'Kan je hier dan koffie krijgen?' vraagt hij.

'Dat zei die zuster. Ze zei dat we deze kant op moesten als we koffie wilden.'

'Nou. Dan gaan we maar,' zegt meneer Dubois. Samen lopen ze achter de andere mensen aan.

Er komt een zuster aan. 'Meneer Dubois,' zegt ze. 'U mag met me mee.'

De zuster pakt hem bij zijn arm. Ze gaan de andere kant op.

'Ik dacht dat we daar naar toe gingen.'

'Nee, hoor. U mag met mij mee.'

'Waar gaan we naar toe?'

'Ik ga u naar bed brengen.'

'Naar bed … ' mompelt hij.

'Ja. U wilt toch nog wel slapen vannacht? Kom maar, hier is uw kamer.'

De zuster doet een deur open.

'Ik wil helemaal niet naar bed.'

'Meneer Dubois. Kom nou maar.'

Meneer Dubois trekt zijn arm los, hij wil de kamer uit lopen.

'Meneer Dubois! Werk nou 'es een beetje mee.'

Ze duwt hem in zijn rug. 'U bent hier niet de enige. We moeten nog meer mensen naar bed brengen.'

'Gaan jullie dan ook al naar bed?'

'Natuurlijk, iedereen gaat naar bed.' Ze begint de knoopjes van zijn overhemd los te maken. Hij slaat haar handen van zich af.

'Meneer Dubois! We gaan niet slaan!' Ze kijkt hem kwaad aan.

'Loop maar alvast mee naar uw bed!'

Als ze naast een bed staan, doet ze nog meer knoopjes los en trekt zijn overhemd uit. Hij pakt haar hand als ze aan zijn broek zit.

'Meneer Dubois!'

Hij laat los. Z'n broek valt op zijn enkels.

'Ga maar zitten,' zegt ze. 'Op het bed.'

'Ik moet naar de wc.'

'Nee, dat hoeft niet. U hebt een katheter.' Ze geeft hem een zetje zodat hij op het bed gaat zitten. 'Hier is uw pyjamajas, trek die maar alvast aan.'

Hij kijkt toe als de zuster zijn schoenen en zijn sokken uittrekt en dan zijn broek. Ze pakt het jasje uit zijn handen en trekt het bij hem aan.

'Zo. Ga maar liggen, meneer Dubois.'

Moeizaam doet hij zijn benen in het bed. De zuster maakt een touwtje, dat om zijn been zit, los. Ze heeft een zakje met een slangetje eraan. Ze maakt het vast aan het slangetje dat uit zijn penis komt. Dan gooit de zuster de dekens over hem heen.

'Zo, meneer Dubois, en nu lekker slapen.'

Ze loopt weg en doet de deur dicht. De kamer is donker.

⁎

Een vermoeid uitziende Marjan liep de afdeling op naar het hoofdenkantoor. Ze zag er uit alsof ze vandaag niet veel had kunnen slapen. Haar tas zette ze achteloos op een stoel en ze gooide haar jas erover heen. De sigaretten stak ze bij zich. Ze keek nog even vluchtig door de rapporten voordat ze het kantoortje achter zich op slot deed en door de gang naar de afdeling Watermolen liep. Ze zag Jamal, zittend in het kantoortje, bezig de rapporten van zíjn afdeling door te lezen.

'Helemaal vreemd, jij in de nachtdienst,' was Marjan's reactie. Ze schoof een stoel bij en ging zitten.

'Hoe is het ermee?'

'Goed,' hij keek op van de rapporten, ''t is weer even wennen. Maar ja, iemand moet er voor opdraaien,' voegde hij er aan toe.

'Tja, veel zieken de laatste tijd.'

'Ik ga even koffie maken,' zei Jamal. 'Wil je ook?'

'Nee, dank je,' antwoordde Marjan en stond op. 'Ik moet eerst op de andere afdelingen kijken. Ik kom later nog wel even langs.'

Ze volgde Jamal het kantoortje uit.

'Hou het rustig,' wenste ze hem toe en ging naar de deur waar ze via het trappenhuis naar beneden kon. Bij de eerste verdieping ging ze de afdeling weer op. Op de gang bij de Zaagmolen liepen nog enkele bewoners.

'Moeten jullie niet naar bed?' vroeg Marjan terwijl zij ze voorbij liep. Mevrouw Hinloopen keek op. 'Dag zuster,' zei ze.

Het geluid van rammelend serviesgoed uit een van de huiskamers trok Marjan's aandacht. 'Hé,' zei ze verbaasd, 'ik dacht dat Paul in de nachtdienst zat.'

'Paul heeft een paar vakantiedagen,' zei Joyce. Ze pakte een stapel glazen en plaatste ze een voor een op de tafels naast de bordjes.

'Je hebt nog een paar bewoners op lopen, zag ik. Is dat de nieuwe, mevrouw Oostenbrink?'

'Ja, is vandaag gekomen. De avonddienst kon haar niet op bed krijgen, ze wil aldoor naar huis.' Joyce legde het bestek naast de bordjes. 'Mevrouw Hinloopen heeft een goeie vriendin aan haar,' voegde ze er aan toe.

'Twéé handenbindertjes op jullie afdeling,' zei Marjan. Ze pakte wat plateautjes met zoet beleg uit een kastje en zette ze op de tafels. Toen ze klaar waren met het dekken van de tafels voor de volgende ochtend, stelde Joyce voor bij De Wiek te gaan zitten. 'Misschien is Peter ook al klaar,' hoopte ze. Joyce nam het karretje en reed het naar het afdelingskeukentje. 'Even wat proviand pakken,' zei ze.

Met langzame tred liepen mevrouw Oostenbrink en mevrouw Hinloopen voorbij. Ze zagen er afgemat uit. Mevrouw Oostenbrink schoot Marjan aan. 'Weet u waar de Lelielaan is?' vroeg ze.

'De Lelielaan? Nee, die weet ik niet. U bent hier in de molenbuurt,' zei Marjan.

'Wat? Daar heb ik nog nooit van gehoord. Is dat in de buurt van de Lelielaan?'

Joyce kwam glimlachend het keukentje uit. 'Let u maar niet op haar, hoor,' zei ze tegen mevrouw Oostenbrink. 'Wilt u niet naar bed?'

'Ja. Maar dan moet ik eerst naar huis.'

'Nee, hoor. U mag bij mij logeren,' zei Joyce. 'Ik heb nog wel een bed voor u.'

'Ja?' zei mevrouw Hinloopen. 'Hoort u dat, mevrouw? We kunnen hier logeren.'

'Nee,' zei mevrouw Oostenbrink beslist. 'Ik ga naar mijn eigen huis. Ik heb een heel mooi huis, aan de Lelielaan.' Resoluut ging ze verder. Mevrouw Hinloopen liep achter haar aan.

'Dat kan leuk worden,' merkte Marjan op.

'Maar niet heus,' vulde Joyce aan. Ze reden het karretje naar De Wiek waar Peter achter de balie aan het rommelen was.

'Hallo Peet,' begroette Joyce.

Marjan keek over de balie. 'Zoek je iets?' vroeg ze.

'Ik heb 't al,' zei Peter en hield een Bijbel omhoog.

'Ga je 'n preek houden?' vroeg Marjan.

Peter glimlachte, een beetje mysterieus. Priesterachtig stak hij zijn vinger op. 'Als logische aansluiting op m'n HBO-V,' zijn dreadlocks schuddend langs zijn gezicht, 'word ik nu dominee.' Hij hield het boek omhoog.

'Petertje toch,' zei Marjan. Ze installeerde zich op twee stoelen en stak de brand in een sigaret.

'Iemand voor koffie?' vroeg Joyce. Ze schonk drie mokken vol en zette een ieder een voor. 'Vanwaar je plotselinge interesse in de Bijbel?' vroeg ze toen ze ging zitten.

'Niks plotseling, ik kom uit een 'christelijk milieu', die laatste woorden benadrukkend met een handbeweging.

'Ja, ik ook Peet,' zei Marjan ongeduldig, 'we wonen in een christelijke maatschappij. Da's nogal logisch.'

'Ben je hier geboren?' vroeg Joyce en haalde haar borduurwerk uit haar tas.

'Zie ik er dan niet christelijk uit?' Hij schudde zijn dreadlocks nog eens extra heen en weer en schoot in de lach.

'Peter!' zei Marjan.

'Laat je niet opjagen,' zei Joyce.

Peter ging er goed voor zitten, nam de Bijbel en begon er in te bladeren.

Joyce keek Marjan aan.

'Ja, nu weten we nog niks, Peet,' zei Marjan.

Hij keek op en schonk zijn collega's een vluchtige

blik. 'Wel, mijn vriendin is moslim en ik kom uit een christe … '

'Moslim?!' onderbrak Joyce hem. 'Dat meisje met wie ik je in de stad heb gezien vorige maand?'

'Wie? O, die. Nee, dat is alweer uit. De vriendin die ik nu heb, die is moslim.'

'Pffff,' reageerde Marjan. Ze keek Joyce aan.

'En nu wil je haar de Bijbel voor gaan lezen,' zei Joyce.

Peter slaakte een zucht en liet zijn hoofd in zijn nek vallen.

'Nee, meisjes,' zei hij, 'ik wil iets lezen in de Bijbel wat met de Koran overeenkomt.'

'Dan kan je lang zoeken,' zei Marjan.

'Nu moet je niet zo negatief doen,' zei Peter. 'Ik was laatst op een interreligieuze bijeenkomst … '

'Pardon!' viel Marjan hem in de rede. 'Ik wist niet dat jij van de E.O. was.'

'Marjan … ' Nu werd Peter ongeduldig.

'Laat 'm nu even,' zei Joyce. 'Ga door Peter, het wordt àl spannender.'

Marjan schoot in de lach.

'Met jullie is ook geen serieus gesprek te voeren,' zei Peter en boog zich over het boek.

'Toe nou, Peter, het interesseert me *echt*. Let maar niet op Marjan.'

'Wel,' vervolgde Peter zijn verhaal, 'toen ik op die bijeenkomst was, raakte ik aan de praat met iemand en die was bahai … '

'Wie?' wilde Marjan weten en blies een grote wolk rook uit. Joyce stootte haar aan.

' … Een bahai, en die legde me uit dat alle religies allemaal dezelfde bron hebben. Dat de geschriften van alle religies overeenkomsten vertonen en alleen verschillen omdat ze in verschillende tijden en in verschillende culturen zijn geopenbaard ... Het is zo te zeggen, een voortschrijdende openbaring.'

Marjan trok haar wenkbrauwen op.

'Dus, omdat ik nu een vriendin heb die uit een moslim gezin komt, wil ik daar meer van weten.'

'Da's een hele mond vol,' zei Marjan.

Joyce keek hem belangstellend aan. 'Dat snap ik niet,' zei ze, 'ik bedoel, als al die mensen op de wereld zo verschrikkelijk religieus zijn en als alles uit 'dezelfde bron' komt, waarom maken ze elkaar dan nog steeds af? Er is overal ellende.'

'Dat is wat mensen er zelf van maken,' zei Peter. 'Er is geen God op de wereld die zegt dat jij je buurman af moet maken. Dat beslissen mensen zelf. Als je al die onzin die om religie heen hangt, als je daar doorheen prikt, dan zie je waar het *ècht* om gaat.'

'Wat een wijsheid opeens,' zei Marjan. Ze drukte haar sigaret uit en nam nog een slok van haar koffie.

'Goh Peet, dat had ik niet achter je gezocht,' zei Joyce. 'Hoe zei je dat die man heette?'

'Hoe hij heette, dat weet ik niet meer, maar hij is een bahai.'

'Mensen veranderen toch niet,' zei Marjan en stak een volgende sigaret aan. 'Oorlog is er en oorlog zal er altijd blijven.'

'Ja, als iedereen er zo over denkt, dan zal er inderdaad nooit iets veranderen,' zei Peter.

Joyce knikte. 'Alleen jammer dat de beste stuurlui meestal aan wal staan.'

'Waar zouden die dames zijn?' vroeg Marjan zich af. 'Hinloopen en die nieuwe mevrouw. Ik dacht, die komen nog wel een paar keer voorbij stuiven.'

Peter had zich weer in zijn Bijbel verdiept.

'Dus nu ga je de Bijbel èn de Koran lezen om er achter te komen of het allemaal klopt wat die man zei,' wilde Joyce weten.

Peter knikte en keek op. 'Hij zou me een boek sturen waar de vergelijkingen in staan. Ook van het hindoeïsme en nog een paar religies.'

'Weet waar je aan begint,' zei Marjan. 'Sturen ze eerst een boek en dan kan je dikke duiten gaan betalen.'

'Nee, dat geloof ik niet. Hij zei niks over geld.' Hij sloeg een paar bladzijden om en las verder.

Marjan blies nog eens een nicotinewalm uit. 'Volgens mij zijn die dames ergens ingedut,' zei ze. 'Hoe is het trouwens met mevrouw de Haas?'

Peter reageerde niet, hij las geïnteresseerd verder.

'Peter! Hoe is 't met de mevrouw de Haas?'

'O. Uhh, scheurtje in haar bot,' zei Peter. 'Ze mag het voorlopig niet belasten.'

'Krijgt ze pijnstillers?' vroeg Marjan.

Peter knikte. Geschuifel in de gang had zijn aandacht getrokken, hij keek richting Korenmolen. Met alleen een pyjamajasje aan kwam meneer Geel moeilijk lopend de gang in. Zijn magere benen leken hem amper te kunnen dragen.

'Daar komt Hollands Glorie,' stelde Marjan vast. 'Klokkenspel tussen z'n benen.'

'Meneer Geel,' riep Peter. De man slofte wezenloos door. Peter riep nog eens, ditmaal iets luider. Meneer Geel draaide zijn hoofd in hun richting.

'Meneer Geel, bent u uw bed kwijt?' Peter stond op en liep op de man af. 'Heeft 'ie zijn inco-systeem ook weer uitgetrokken,' merkte hij op. Hij nam de man bij zijn arm. 'Kom maar meneer Geel, dan breng ik u weer naar bed.' De man reageerde nauwelijks en liet zich door Peter meevoeren.

Joyce legde haar borduurwerk opzij. 'Ik ga ook maar, kijken waar die twee dames gebleven zijn.'

'Heb je nog hulp nodig straks?' vroeg Marjan.

'Ja, misschien kan je me om een uur of drie helpen met LeBlanc en mevrouw Bakker,' antwoordde Joyce en liep de gang in naar haar afdeling. Ze controleerde de huiskamers om te zien of de dames Hinloopen en Oostenbrink daar waren. Daarna ging ze verder, de hoek om naar de Korenmolen. Peter kwam met meneer Geel van de andere kant.

'Ik kan m'n klantjes niet vinden,' zei Joyce toen ze Peter genaderd was.

'Die kant op zijn ze ook niet,' zei Peter. Hij begeleidde meneer Geel zijn slaapzaaltje in, terwijl Joyce de huiskamers op de Korenmolen controleerde maar ook daar waren de vrouwen niet te vinden. Ze deed de lichten uit en wilde verder lopen toen ze Peter hoorde roepen. Hij verscheen in de deuropening van de slaapzaal.

'Moet je komen kijken,' zei hij.

Joyce liep het zaaltje in en zag de twee vrouwen zusterlijk naast elkaar op het bed van meneer Geel zitten. 'Dág,' zei mevrouw Hinloopen.

'Hallo, dames. Zitten jullie gezellig?'

'We zochten de anderen,' zei mevrouw Oostenbrink, 'maar we konden het licht niet vinden. Gelukkig heeft die meneer ons geholpen.' Ze knikte naar Peter.

Joyce en Peter keken het tafereel lachend aan. 'Kom maar,' zei Joyce, 'jullie zijn in een verkeerde kamer. Hier slapen een paar mannen.'

'Nee toch!' zei mevrouw Oostenbrink en stond op, gevolgd door mevrouw Hinloopen. 'O, wat erg!'

Joyce liep met de dames mee de slaapzaal uit. Ze gaf Peter een knipoog.

'Tot straks,' zei hij en nam een incontinentieluier uit

het kastje om die bij meneer Geel om te doen. Joyce nam de beide vrouwen aan een arm en liep met ze mee terug naar de Zaagmolen. Ze drong er op aan dat de dames nu toch echt naar bed moesten, het was al twee uur geweest. Mevrouw Oostenbrink zei dat dat niet kon. 'Ik moet eerst mijn huis vinden,' zei ze.

'Mevrouw Oostenbrink, dat gaat niet,' zei Joyce. 'Het is pikkedonker buiten! Weet u wat? U gaat vannacht hier slapen en dan zien we morgen wel verder.'

Mevrouw Oostenbrink haar gezicht betrok. 'Nou, dan moet dat maar,' zei ze teleurgesteld.

'Kom maar, hoor,' zei mevrouw Hinloopen. 'Ik help je wel.' Ze pakte mevrouw Oostenbrink bij haar arm en samen wilden ze verder gaan.

'Jullie slapen op verschillende kamers, dames,' zei Joyce. Ze deed een deur open. 'Mevrouw Hinloopen ligt op deze kamer.'

'Kan ze niet bij mij slapen dan?' vroeg mevrouw Hinloopen.

'Nee, dat gaat niet. De andere bedden zijn al bezet.'

'O. Nou, dan moet je maar met de zuster mee,' zei mevrouw Hinloopen tegen mevrouw Oostenbrink. Joyce bracht mevrouw Oostenbrink naar haar zaaltje. Daar hielp ze de vermoeide vrouw met uitkleden en deed haar in bed. Vervolgens keek ze bij mevrouw Hinloopen, maar die had alleen haar vest uitgedaan. Wat tegenstribbelend liet de vrouw zich verder helpen door Joyce waarna ook zij eindelijk ging slapen.

Om drie uur kwam Marjan het zaaltje van mevrouw LeBlanc oplopen waar Joyce bezig was met haar ronde.

'Stront aan de knikker?' vroeg ze toen ze de onaangename stank van ontlasting waarnam. Joyce schudde mevrouw LeBlanc aan haar schouder. 'We gaan u even verschonen, mevrouw LeBlanc,' zei ze. De vrouw deed haar ogen open. 'Wat!'

'We gaan u verschonen,' zei Joyce en trok de dekens opzij.

'Mens, zeur niet,' mompelde de vrouw en greep naar haar deken.

'Mevrouw LeBlanc,' zei Marjan streng, 'we hebben nu geen tijd voor die onzin. Werk 'es mee!'

De vrouw keek Marjan misprijzend aan maar die trok zich daar niets van aan. Ze greep de vrouw bij haar arm en bovenbeen om haar goed op haar zij te kunnen trekken zodat Joyce de smerige inlegger en broek weg kon halen. Ze had latex handschoenen aangetrokken om het varkentje te kunnen wassen.

'U wilt toch niet in die stank blijven liggen?' opperde Joyce. Haar hand was bijna niet meer te zien terwijl ze tussen de billen van de vrouw de ontlasting wegwaste. Ze rolde het matje, dat ook vies was geworden, op en legde er een schone voor in de plaats. Daarna deden ze de vrouw een schone inlegger om en trokken de netbroek op zijn plaats.

'Ze is een klant voor een plakluier,' zei Marjan.

'Dat zeg ik al weken,' antwoordde Joyce. 'Zal wel weer te duur zijn … Het laken is ook vies.' Ze trok het van het bed af.

'Ja, maar dit is ook onzin. Nu moet je twee systemen verschonen en ook nog 'es het laken.'

Joyce liep naar de kast om schoon goed te pakken.

'Wat kan dat mens schijten, zeg,' merkte Marjan met gedempte stem op. 'Niet bepaald bevorderlijk voor het mestoverschot.'

Joyce gooide het schone laken over het bed.

'Hé, kan je niet uitkijken!' riep mevrouw LeBlanc.

Ze trokken het laken op zijn plaats en deden de deken

erover heen. 'Lekker gaan slapen nu, hoor,' zei Marjan.

Er klonk afkeurend gegrom van onder het dek.

Joyce ging naar het bed van mevrouw Vermeulen en controleerde of de vrouw nog schoon was. Marjan kwam tegenover haar staan. 'Dat is ook niks meer,' fluisterde ze. 'Ik hoor dat de verloren dochter op is komen dagen?'

'Ja,' zei Joyce. Ze streek de vrouw over haar hoofd en trok vervolgens het gordijn langs het bed weer dicht.

'Gaat moeder dood en dan komen ze ineens uit alle hoeken en gaten,' merkte Marjan op. 'Misschien heeft ze nog ergens een leuk erfenisje.'

'Nee, Marjan, 't schijnt dat die kinderen onderling mot hebben en daarom wist die ene dochter niet dat het slecht ging met haar moeder.'

Marjan volgde Joyce de gang op. 'Die dochter had toch zelf kunnen bellen,' zei Marjan. 'We leven toch niet in het stenen tijdperk. Je hoeft de telefoon maar te pakken en je kan bellen!'

'Ze zoeken het maar uit,' zei Joyce, 'geen gezeur aan mijn hoofd midden in de nacht.'

Marjan ging verder naar de volgende afdeling terwijl Joyce het volgende zaaltje binnenging. Mevrouw Quist had het dek van zich afgegooid en het incontinentiesysteem weggetrokken. Haar bed was drijfnat. ' … Ik moet plassen,' zei ze met benauwde stem toen ze Joyce zag, 'maar ik kan er niet uit.'

'Ik ga u helpen,' zei Joyce met een zucht. Ze deed de bedrekken omlaag. De onrustband die langs de blote huid van de vrouw schuurde, maakte ze los.

'Kom maar,' zei Joyce tegen de vrouw. 'Ga maar op het randje zitten.'

Joyce trok een po-stoel bij van het bed ernaast. 'Ga hier maar zitten vrouw, dan zal ik droge kleren voor u pakken.'

Mevrouw Quist greep Joyce angstvallig bij haar armen en liet zich op de po-stoel helpen. Joyce trok het natte pyjamajasje uit. 'Rustig blijven zitten, hoor,' zei ze en verzamelde al het natte beddengoed om het in de waszak te gooien. Mevrouw Quist kreeg schoon nachtgoed aan en schoon beddengoed op haar bed.

'Heeft u nog geplast?' vroeg Joyce toen.

'Ik weet 't niet.'

'Kom dan maar,' zei Joyce en maakte aanstalten om de vrouw weer op bed te helpen.

'U bent toch niet boos op me, hè,' zei mevrouw Quist met een benepen stem. 'Ik kon er niks aan doen ... Ik kon er niet uit.'

'Nee, hoor,' zei Joyce. 'Ga maar staan, dan kan u weer in uw warme bed.' Ze pakte de vrouw bij haar armen en hielp haar overeind. 'Zo, nu even draaien ... Goed zo.'

Ze deed de vrouw een nieuw incontinentiesysteem om en maakte de onrustband weer vast waarna ze het dek over haar heen legde. 'Ga maar weer lekker slapen,' zei ze en streek de vrouw over haar hoofd.

Joyce schonk de thermoskannen vol met heet water en koffie, enkele liet ze op het kantoortje staan, de rest verdeelde ze over de huiskamers. De rapportagemappen legde ze op het karretje en nam ze mee naar De Wiek waar ze Peter trof, die zat te lezen.

'Heb je 't *Grote Boek* al uit?' vroeg ze.

Peter lichtte zijn hoofd en gunde haar een blik. Joyce plaatste de mappen op tafel, schonk wat koffie in en begon te schrijven. Peter reikte ook naar de koffiepot en las toen verder.

'Je moet me niet vertellen dat je de hele nacht dat boek uit hebt zitten pluizen,' zei Joyce op een gegeven moment

'Neu,' antwoordde Peter. ' … Er staan wel ware dingen in, maar veel is niet meer helemaal van deze tijd.'

Joyce moest hem gelijk geven. 'En morgen neem je de Koran mee?' vroeg ze. Peter gaapte uitgebreid en strekte zich uit, hij schoof de Bijbel opzij. 'Misschien,' zei hij toen met een lach. Hij stond op. 'Ik ga de mappen er ook maar bij pakken.'

Joyce pakte haar spullen bij elkaar en volgde zijn voorbeeld. 'Ik moet klysma's gaan geven,' zei ze. In het kantoortje haalde ze de spullen uit de medicijnkast en liep naar het zaaltje waar mevrouw Tromp lag. Voorzichtig trok Joyce de dekens weg, de vrouw lag al op haar zij.

'U krijgt even een klysma, mevrouw Tromp.'

Er kwam geen reactie van de halfslapende vrouw. Joyce trok de broek van de billen van de vrouw en deed de natte luier opzij. 'Daar komt 'ie, hoor.' Joyce duwde de canule diep genoeg in het rectum van de vrouw en spoot de vloeistof in de endeldarm.

Mevrouw Tromp werd wakker en wilde op haar rug rollen. Joyce hield haar tegen. 'Het is bijna klaar,' zei ze.

'Wat doe je?' mompelde de nog slaperige vrouw.

Joyce perste het laatste restje vloeistof uit het zakje en trok de canule uit het rectum. Daarna deed ze de luier en de broek weer op hun plaats. 'Het is klaar, hoor. Ga maar weer slapen,' zei Joyce en gooide de dekens over de vrouw heen.

Toen ze de overige klysma's ook had toegediend, ruimde ze het kantoortje wat op en ze ging zich omkleden. Even later kwam Marjan vragen of er nog bijzonderheden waren. 'Niets, behalve dat wat je al weet,' antwoordde Joyce.

'Oké, dan zie ik je vanavond. Welterusten straks.'

'Hetzelfde, tot vanavond.'

Joyce begon wat verveeld in een blad te bladeren. Ze

keek op toen ze iets op de gang hoorde; mevrouw Oostenbrink was al weer in het land van de levenden. Ze merkte Joyce niet op en liep op haar blote voeten verder de gang in.

Al snel kwamen de eerste dagdiensten het kantoortje binnen. Rond half acht droeg Joyce de weinige bijzonderheden over en kon toen naar huis gaan. Bij de deuren naar de uitgang stond mevrouw Oostenbrink te talmen.

'U mag die kant op,' zei Joyce en duwde de vrouw voorzichtig weg van de deuren.

'Kan ik er daar uit dan?' vroeg mevrouw Oostenbrink.

'Ja, maar dan moet u die kant op,' wees Joyce, 'deze deuren zijn op slot.'

Ze wachtte tot de vrouw ver genoeg van de deuren verwijderd was en deed ze toen open.

'Wacht, ik loop met je mee,' zei Peter die er ook aan kwam. Al pratend gingen ze de trap af naar beneden, de hal door en de heldere, frisse buitenlucht in.

℥

Hij is gaan zitten op een bank in een kamer, er zijn hier nog meer mensen maar hij kent ze niet. Een vrouw maakt rare geluiden, een andere vrouw maakt smakgeluiden, ze zit op een stoel met wielen. Vreemd. Er klinkt luide muziek in de kamer. Daar komt een zuster door de deur. Hij heeft moeite met opstaan maar dan gaat hij langzaam naar de zuster toe. Ze draait zich om als hij vlak bij haar staat.

'Meneer Dijkstra! U laat me schrikken. Is er iets?'

Hij kijkt naar haar met uitdrukkingsloze ogen.

'Wat is er?'

Hij weet het niet en blijft haar aankijken.

64

'Kom maar. Ga maar wat op de gang lopen.' De zuster duwt hem zachtjes de gang op.

'Ga die kant maar op, dan komt u vanzelf bij het molentje.'

De zuster loopt weg.

Hij zoekt steun aan een handrail en volgt andere mensen die daar lopen. Bij een ruimte met slingers stopt hij. Langzaam loopt hij naar een tafel. Er staat een bordje op de tafel en er ligt iets op. Zijn hand reikt ernaar.

'Hé! Afblijven!'

Hij krijgt een tik op zijn vingers. 'Dat is niet van jou!' Snel trekt hij zijn hand terug.

'Toe, vader, ' zegt een vrouw. 'Niet zo lelijk doen.'

'Hij kan toch zelf taart kopen.'

De vrouw staat op. 'Kom maar, meneer. Gaat u daar maar lopen.' De vrouw pakt hem bij zijn hand en leidt hem weg. Met moeite gaat hij verder. Gestaag sloft hij naar een molentje toe en gaat op een bankje zitten. Hij staart voor zich uit, iedereen loopt voorbij. Er gaan mensen door een deur. Een vrouw komt op hem af.

'Hallo, vader,' zegt ze. 'Hoe is het met je?'

Ze geeft hem een zoen op zijn wang. De vrouw gaat naast hem zitten en pakt zijn hand.'Hoe gaat het nu met je?'

Hij glimlacht naar haar.

'Je zit hier gezellig, pa, maar zullen we naar De Wiek gaan? Daar kunnen we wat te drinken nemen.'

Ze staat op, hij kijkt naar haar. 'Kom maar. Neem mijn hand maar.' Hij pakt haar hand en probeert op te staan.

'Toe maar, pa.'

Hij komt langzaam overeind. De vrouw neemt hem bij zijn arm en samen lopen ze door de gang.

'Kijk, hier kunnen we zitten. Toe maar, dan pak ik iets

te drinken.'

Hij kijkt de vrouw aan.

'Wat is er, pa? Je weet toch wel wie ik ben? Ik ben Saskia.'

Hij glimlacht.

'Ga maar zitten, dan haal ik iets te drinken.'

Hij gaat zitten op de stoel die de vrouw voor hem heeft neergezet.

In zichzelf prevelend sjokt mevrouw Mulder door de gang. Af en toe stopt ze en kijkt om zich heen, dan weer volgt ze de andere mensen die in de gang lopen.

'Waar gaan jullie naar toe?' vraagt ze aan een vrouw die naast haar loopt.

'Dat weet ik niet, ik ben aan het wandelen.'

Traag lopend gaan ze verder tot ze bij een molentje komen. Er staan een paar banken. 'Hier kunnen we zitten,' zegt mevrouw Mulder tegen de vrouw.

'Ga jij maar, ik heb geen zin.'

Mevrouw Mulder gaat op een bank zitten en kijkt om zich heen. Ze kijkt naar deuren die open en dicht gaan. Er komen mensen door de deuren. Ze lopen allemaal weg.

Mevrouw Mulder staat op en gaat naar de vogelkooi. Ze tikt tegen het gaas en begint tegen de vogeltjes te praten.

'Zit u hier? Ik zocht u al.'

Mevrouw Mulder draait haar hoofd opzij als een vrouw haar bij haar arm pakt. 'Gaat u mee? We gaan wat leuks doen.'

Achterdochtig kijkt ze de vrouw aan.

'Kom maar,' zegt de vrouw.

'Waar gaan we naar toe?' wil mevrouw Mulder weten als de vrouw haar meeneemt.

'Eerst gaan we gezellig thee drinken en dan gaan we

leuke dingen maken … Kijk, hier is het.'

Er zitten nog meer mensen in de kamer.

'Zoek maar een plaatsje, mevrouw Mulder,' zegt de vrouw.

Een vrouw schuift een stoel voor haar opzij. Mevrouw Mulder's gezicht klaart op, ze meent de vrouw te kennen. 'Hallo,' zegt ze.

De vrouw schenkt voor iedereen thee in en zet koekjes op de tafel. Er komt een zuster aan. 'Hallo dames.' Ze lacht naar hen. 'Loes, mevrouw Oostenbrink weigert pertinent dus die komt niet.'

'Och, ik heb al een aardig clubje bij elkaar,' zegt de vrouw.

Ze legt allemaal stukken papier op de tafel en gekleurde potloden. Dan gaat ze zitten en drinkt ook thee. 'Zo dames,' zegt ze. 'Vandaag gaan we molens tekenen. En weten jullie waarom?'

Enkele vrouwen halen hun schouders op.

'Niemand? Zal ik het dan maar verklappen?' zegt de vrouw blij.

'Volgende week is er een themadag, een *molen*dag. En dan moeten de afdelingen versierd worden met mooie afbeeldingen van molens. En daar gaan wij voor zorgen.'

Enkele vrouwen kijken elkaar aan.

'Waar is die dag?'

'Hier, bij ons, mevrouw Hinloopen. Het wordt heel gezellig, de familie mag ook komen, en vrienden.'

'Mogen m'n kinderen ook komen?'

'Natuurlijk, iedereen mag komen.'

De vrouw geeft een ieder een vel papier.

'Weten jullie hoe een molen er uit ziet?'

'Ja hoor,' zegt er een.

'Ik heb hier een paar voorbeelden, kijk maar.' De vrouw houdt een boek omhoog. 'Als iemand het niet meer weet kan die er een natekenen uit dit boek.'

Mevrouw Mulder kijkt naar de foto's in het boek.

'Toe maar, dames. Begin maar.'

Mevrouw Mulder pakt een potlood en tekent een bloem op het papier. Ze kijkt bij een vrouw naast haar. Die heeft een kruis op haar papier.

'Jullie mogen alle kleuren gebruiken, hoor,' zegt de vrouw. Ze staat op en loopt rond. Mevrouw Mulder tekent nog een bloem.

'Komt bij u de molen tussen de bloemen, mevrouw Mulder?' vraagt de vrouw. Mevrouw Mulder kijkt naar haar. 'Wat zegt u?'

'U moet ook een molen tekenen, mevrouw Mulder. Kijk. Zoals deze in het boek.' Mevrouw Mulder kijkt naar de foto die de vrouw aanwijst.

'Probeer het maar,' zegt de vrouw. Mevrouw Mulder pakt een ander potlood en zet een cirkel op het papier. Dan tekent ze er bloemblaadjes omheen.

'Goed zo, mevrouw Hinloopen,' zegt de vrouw. 'Wat een mooie molen!'

De vrouw die tegenover mevrouw Mulder zit, lacht. Zij heeft een tekening met mooie kleuren.

'Die van u mag er ook zijn, mevrouw Hellinga,' zegt de vrouw. 'Met u lukt het niet erg, hè, tante Truus.'

'Wat niet,' zegt een vrouw naast mevrouw Mulder.

'Ik zie nog geen molen op uw papier.'

'Ik wil helemaal geen molen.'

'Probeert u dan iets anders,' zegt de vrouw. 'Of houdt u niet van tekenen?'

' … Nee, ik teken nooit.'

Mevrouw Mulder kijkt naar de andere vrouwen rond de tafel. Een paar hebben veel kleuren op het papier. Ze pakt haar kopje en wil drinken, maar het is leeg.

'Jullie krijgen zo nog meer thee, mevrouw Mulder,'

zegt de vrouw.

'Teken eerst maar een molen. Zal ik u helpen?'

De vrouw komt bij haar zitten en pakt een potlood. Ze tekent een kruis op het papier. 'Zooo, dat zijn de wieken, en dit is het dak … hier nog een paar lijntjes. Probeert u het nu zelf maar, mevrouw Mulder.'

Mevrouw Mulder neemt haar potlood en maakt een paar krassen. 'Dat is ook mooi,' zegt de vrouw. 'Gras hoort ook bij een molen.' De vrouw neemt een kan en geeft iedereen thee. 'Nou, ik zie het al, er zit nog heel wat talent hier,' zegt ze. 'Ik ben trots op jullie, hoor.'

Mevrouw Mulder lacht naar haar. Ze pakt een koekje van het bord en legt het naast haar schoteltje.

'Die van jou is ook mooi,' zegt de vrouw die naast mevrouw Mulder zit. 'Ik heb niks. Ik hou niet van dat geteken.'

Een vrouw staat op, ze wil weglopen.

'Mevrouw Eizinga, wat gaat u doen?'

' … Ik … ik moet naar de wc.'

'Welnee, u bent net geweest. Ga maar weer lekker zitten.'

'Ze is niet naar de wc geweest,' zegt de vrouw naast mevrouw Mulder.

'Jawel. Ze was al geweest voordat ze hier kwam, tante Truus,' zegt de vrouw. Ze helpt de vrouw weer in haar stoel.

'Misschien moet ze wel weer. Jij moet toch ook wel 'es twee keer.'

'Zullen we het er maar niet meer over hebben?' De vrouw gaat naast mevrouw Mulder zitten. 'Laten we onze thee opdrinken, en misschien is er dan nog tijd voor een spelletje.'

Mevrouw Mulder pakt een potlood en tekent een bloem op haar papier.

'Is iedereen klaar met z'n tekening?' Enkele vrouwen knikken.

'Mooi, dan leggen we de tekeningen weg. Kom maar, dan leg ik ze wel op de balie.'

De vrouw pakt alle tekeningen en ruimt ze op. Dan leegt ze een doosje. Er vallen plaatjes uit. 'Zo, ik hou een kaart omhoog en dan mogen jullie zeggen wat er op staat. Wie gaat het zeggen?' Ze kijkt de kring rond. 'Mevrouw Stam? U hebt nog niet veel gezegd vandaag.'

' … Een uh, koe?'

'Goed zo. En waar vinden we koeien?'

'Op de boerderij.'

'Juist, mevrouw Hinloopen.'

'Of in de wei.'

'Ook goed, mevrouw van de Veer.'

'Bij de slager.'

Een paar vrouwen moeten lachen.

'Dat kan ook, tante Truus. Dat is ook goed, alleen zijn ze dan wel een beetje dood, hè.'

'Wel twee beetjes.'

De vrouw houdt een ander plaatje omhoog.

'Een poes,' zegt een vrouw.

'Goed zo, mevrouw Hinloopen. En waar vinden we poezen?'

'Op straat.'

'Op straat? Mijn poes komt nooit op straat.'

'Hebt u een poes?' vraagt een vrouw.

'Ja, een hele mooie kat had ik. Zo'n rooie.'

'Wat mooi, zeg. Leeft 'ie nog?'

'Nee, die is allang al dood. Hij was oud.'

De vrouw houdt een ander plaatje omhoog. De vrouwen kijken ernaar.

'Mevrouw Mulder? Weet u het?'

' … Een hond?' waagt mevrouw Mulder.

'Nnnnee. Kijk nog eens goed, vrouw.'

'Een paard,' zegt een andere vrouw.

'Weer goed, mevrouw Hinloopen. U weet alles. En waar vinden we paarden?'

'In de stal.'

'Ja, dat kan. En wie weet waar nog meer?'

'In de wei.'

'Goed zo, mevrouw van de Veer. In de wei, bij de koeien ... En deze? Wie weet wat dit is?'

'Een kip.'

'Bijna goed, tante Truus.'

'Een vogel,' zegt een andere vrouw.

'Nnnnee. Kijken jullie nog eens goed.'

'Een haan?'

'Juist, mevrouw Hinloopen. Nog één goed en u wint de poedelprijs.'

Een paar mensen moeten erom lachen.

'Wat heb je daar nou 'an,' zegt de vrouw naast mevrouw Mulder. 'De hoofdprijs moet je winnen.'

De vrouw schudt de kaartjes en pakt er weer een. Ze kijkt in het rond als ze het omhoog houdt.

'... Een vogel.'

'Ja, dat is goed. Maar wat voor soort vogel? Kan iemand dat zeggen?'

'... Een papagaai?'

'Ja, hij lijkt wel op een papagaai, maar het is niet helemaal goed. Deze vogels zijn kleiner.' De vrouw houdt het plaatje goed omhoog. 'Let op de kleuren.'

'Een kanarie.'

'Bijna goed, mevrouw Stam. Het is een parkiet,' zegt de vrouw.

Er klinkt gemompel in de groep.

'En waar leven parkieten?'

'Die vliegen, in de lucht.'

'Ja, maar niet hier, mevrouw Hinloopen.'
'Die zitten in een kooi.'
'Goed zo, tante Truus.'

&

Toen Willie haar eten in de magnetron zette om het op te warmen, kwam mevrouw Hinloopen het keukentje binnen. 'Kan ik u ergens mee helpen?' vroeg ze.

'Nee, hoor. Ga maar weer op de gang. Jullie krijgen stràks eten.' Willie vulde haar beker met sap uit de koelkast. Ze pakte het eten uit de magnetron en wilde de gang oplopen. 'Toe, mevrouw Hinloopen. U loopt voor mijn voeten.'

De oudere vrouw maakte snel een beweging opzij.

Willie liep naar het kantoortje waar Mildred het zich al gemoedelijk had gemaakt. 'Ruikt goed,' zei deze. 'Zelf gemaakt?'

'M'n schoonmoeder.' Met haar vork hutselde Willie de groente door de rijst. Mildred nam een slok van haar melk toen er op de deur werd geklopt. Ze zette haar glas neer. 'Kunnen we wat voor u doen?' vroeg ze aan de vrouw die in de deuropening was verschenen.

'Ja. Ik wilde graag weten hoe het met mijn vader gaat. Ik was net bij 'm maar hij is *zo* afwezig.'

Willie keek Mildred aan en haalde haar schouders op.

'Mij is niets opgevallen,' zei Mildred. 'Hij zegt nooit veel.'

'Ja, maar, hij kijkt zo afwezig uit zijn ogen. Is er soms iets gebeurd?'

'Niet dat ik weet. Zijn medicijnen zijn veranderd, misschien komt het daardoor.'

De vrouw keek naar Willie die smakelijk haar rijstgerecht op zat te eten en richtte toen haar blik weer op

72

Mildred.

'Anders moet u wachten tot Kees er weer is,' zei deze, 'dan kan u het met hem bespreken.'

Er was een aarzeling in de houding van de vrouw. 'Goed,' zei ze toen, 'dan doe ik dat maar.'

Willie keek Mildred aan toen de vrouw verdwenen was. 'Die heeft ook altijd wat te zeiken,' zei ze. 'Wil ze dat d'r vader medicijnen krijgt tegen depressiviteit, is het weer niet goed.'

Mildred knikte instemmend. 'Ja, en vorige week zat ze te zeuren over wat haar vader aan had.'

'Als ze het zo goed weet,' zei Willie, 'waarom komt ze 'm dan zelf niet aankleden?' Ze nam een slok van haar sap. Mildred schoof haar half opgegeten broodje opzij en pakte een sigaret uit haar pakje. Willie leunde voldaan achterover in haar stoel. 'Dat was lekker,' zei ze.

In huiskamer twee had Willie een stapel bordjes op het aanrecht gezet en een zak brood opengescheurd. Ze besmeerde boterhammen met boter en legde er willekeurig wat beleg op. De voorbereide boterhammen legde ze op bordjes en zette die de bewoners voor. Willie bemerkte de bewoner van de Korenmolen die met slepende tred de huiskamer binnenkwam. 'Meneer Geel, ga 'es naar uw eigen afdeling.'

Ze pakte de man bij zijn arm en duwde hem in de richting van de deur waarna ze verder ging met brood klaar maken. Meneer Geel kwam terug en liep naar een tafel waar mevrouw van de Veer net haar brood had gekregen. Hij pakte een stukje brood van haar bord en stak het in zijn mond. Mevrouw van de Veer keek hem aan. 'Hebt u zelf geen brood,' zei ze. Willie draaide zich om en zag dat meneer Geel nog een stukje brood van mevrouw van de Veer haar bord pakte. 'Meneer Geel! Ga weg daar!'

Ze liep naar de man toe en duwde hem naar de deuropening. 'Op uw eigen afdeling gaan eten,' zei ze met luide stem. Met een zucht ging ze door met haar werkzaamheden. Meneer Geel kwam weer de huiskamer binnen. Langzaam liep hij naar een tafel waar de andere bewoners ook hun brood hadden gekregen. Net toen hij weer een stukje brood van een bord wilde pakken, ditmaal bij mevrouw van der Wal, keek Willie op van haar werk.

'Meneer Geel!' riep ze, kwaad nu. Tegelijkertijd gooide ze het mes waarmee ze het brood aan het smeren was in de richting van meneer Geel. Met de verkeerde kant landde het mes op de hand van de man. In een reflex trok hij zijn hand terug.

'En nu eruit, meneer Geel!' Ze pakte de man bij zijn arm en zette hem op de gang. De deur naar de huiskamer schoof ze dicht om daarna haar werk te hervatten.

Even later schoof Mildred de deur weer open. 'Wat zit jij opgesloten,' merkte ze op. Willie was bezig koffie en melk bij de bewoners in te schenken. 'Ja,' zei ze, 'Geel liep hier te klieren. Hoe ver ben jij?'

'Bij mij zijn ze bijna klaar met eten. Hier heb je de medicijnen voor jouw unit.'

'Heb jij toevallig mevrouw Hinloopen zitten?' vroeg Willie. 'En Oostenbrink heb ik helemaal nog niet gezien.'

Mildred schudde haar hoofd. 'Nee. Ik ga kijken hoever die uitzendkracht is, kunnen we gelijk de bedmensen klaar maken voor de nacht.'

Mildred liep naar de slaapzaal van mevrouw Bakker waar de uitzendkracht bezig was de vrouw wat pap te geven.

'Hoe heet je ook al weer?' vroeg Mildred.

'Brenda,' zei ze. 'Deze mevrouw heeft geloof ik niet veel trek.'

'Wil ze niet?' vroeg Mildred. 'Heb je haar wel de

medicijnen kunnen geven?'

'Ja, maar … Volgens mij heeft ze ze nog in haar mond.'

Mildred pakte het kannetje over van Brenda en duwde het tuitje tussen de droge, gerimpelde lippen van mevrouw Bakker. 'Toe vrouw, neem 'es een beetje pap.'

Met half gesloten ogen staarde mevrouw Bakker apathisch voor zich uit. Mildred probeerde met haar vingers de mond van de vrouw open te krijgen om te zien of de tabletten er nog in lagen en bemerkte de half gesmolten medicamenten op de tong van de vrouw. Ze drukte het tuitje weer de mond in zodat wat van de dunne pap naar binnen liep. Daarna streek Mildred de vrouw onder haar kin totdat ze een slikbeweging maakte.

'Als ze de medicijnen maar door heeft geslikt,' zei Mildred. Ze zette het kannetje op het nachtkastje. 'We gaan haar meteen verschonen.'

Mildred pakte enkele washandjes en een plakluier.

'Ze is nogal stijf,' zei Mildred tegen Brenda die de dekens opzij had getrokken. Mildred duwde mevrouw Bakker op haar zij. Brenda hield haar vast zodat Mildred de incontinentieluier kon verschonen. De stank van urine en ontlasting kwam hun tegemoet toen Mildred de luier wegtrok.

'Jesses,' zei Mildred, ze trok een vies gezicht. ''t Zit overal, nu moet ik die wond ook weer opnieuw verbinden.'

Mildred gooide de kletsnatte en vieze luier in de afvalzak en pulkte het verband van de doorlegwond. Ze veegde de billen van de vrouw schoon en haalde verbandspullen uit een kastje. Nadat ze de wond opnieuw had verbonden deed ze de vrouw een schone incontinentieluier om. 'Zo, nu even op haar rug,' zei Mildred. Ze draaiden de vrouw op haar rug zodat ze de luier dicht konden plakken, waarna ze de dekens recht trokken. Brenda deed het kussen onder het hoofd van mevrouw Bakker nog even goed en volgde toen Mildred het zaaltje uit.

*M*et vlotte tred paradeerde Hans over de afdeling richting kantoortje. Bij mevrouw Hinloopen, die net voor hem liep, sloeg hij een arm om haar schouder. 'Hoe is het, schat?' vroeg hij. 'Ben je weer lekker aan het wandelen?'

Mevrouw Hinloopen keek hem glimlachend aan en knikte. ''t Is zulk lekker weer,' zei ze.

'Je heb' gelijk, schat,' zei Hans en stapte verder. Hij sprong op het nippertje opzij toen hij merkte dat hij een onappetijtelijk spoor volgde.

'Ik voel me net Klein Duimpje,' zei hij tegen Kees toen hij het kantoortje binnenkwam. Kees keek hem vragend aan.

'Heb je 't niet gezien dan? Een heel drollenspoor in de gang.'

'O, bedoel je dat. De schoonmaakploeg komt zo.'

'Die doen toch geen drollen?' vroeg Hans zich af. Hij nam een mok van een dienblad en schonk zich wat koffie in.

'Vandaag wel,' zei Kees. 'Hoe is het met je?'

Hans trok een stoel bij en ging zitten. 'Je weet dat ik therapeutisch werk?'

'Dat had ik al begrepen,' antwoordde Kees met een blik op de klok. Hans leunde achterover in zijn stoel. 'Ik mag het weer proberen van de arts,' zei hij. 'En eerlijk gezegd, blij toe … '

Kees sloeg een verbaasde blik in zijn richting.

' … Mijn vriend dreef me op het laatst tegen de muren op.' Hij nam voorzichtig een slok van de hete koffie.

'Misschien kan jij vandaag het ontbijtproject doen,' stelde Kees voor. 'Tot hoe laat blijf je?'

'Och, hangt ervan af, hoe gezellig het wordt vandaag.'

Hans stond op en leegde de beker in de wasbak.

'Ik was vergeten hoe smerig de koffie hier smaakte,' en volgde Kees het kantoortje uit. Fluitend liep hij naar het afdelingskeukentje. Hij pakte melk en pap en deed het in kannen om het op te warmen in de magnetron. Daarna zette hij alles wat hij nodig had op een kar en bracht het naar de huiskamers. In huiskamer twee zaten al enkele bewoners aan tafel. 'Hallo,' zei Hans vrolijk. 'Hoe is het met m'n pappenheimertjes?'

Mevrouw Hinloopen keek hem lachend aan.

'Hallo, lieverd. Lust je een lekker boterhammetje van me?'

'Ik wel, hoor,' antwoordde mevrouw Kuil.

'Natuurlijk, jij krijgt ook,' zei Hans. Hij pakte wat boterhammen uit het mandje en legde ze bij de vrouwen op het bord. 'Ga maar lekker eten, meiden,' zei hij. 'Dan ga ik met de thee rond.'

Gezeten in een rolstoel werd mevrouw van de Veer door Tiny de huiskamer binnengereden. 'Hansje! Hoe is het met jou?' riep deze uit. 'Gaat het weer?'

'Ik mag niet klagen,' zei Hans. 'Ik ga er weer vrolijk tegen aan.'

Tiny zette mevrouw van de Veer bij de anderen aan tafel.

'Hoe is het hier trouwens?' vroeg Hans. 'Van Kees werd ik ook niet veel wijzer.'

'Ach, nog steeds bij het oude. Dat mevrouw Wit en meneer Schouten overleden zijn, dat wist je?'

'Is Schouten ook dood? Nee, dat wist ik niet.' Hij legde een boterham op het bordje bij mevrouw van de Veer.

'Daarvoor in de plaats hebben we meneer Heukelom gekregen, die is zo doof als een stok, en sinds een week hebben we mevrouw Oostenbrink erbij. Die zit op één,' verduidelijkte Tiny.

'Gaat 't, lieverd?' vroeg Hans aan mevrouw van de Veer. 'Of moet ik je helpen.'

'Zij eet de laatste tijd ook vaak pap,' zei Tiny.

'Van mij mag ze brood, anders wordt het zo'n papkindje. Wat vind jij, mevrouw van de Veer?'

Hans smeerde een paar boterhammen voor haar en deed er wat lekkers op. Daarna maakte hij voor zichzelf wat brood klaar en ging tussen de bewoners zitten. 'Zo, dames van het goeie leven. Smaakt het jullie?'

'Ja, hoor,' mompelde mevrouw Hinloopen met volle mond.

Hans sprong op. 'Ik zal even een mooi ontbijtmuziekje aanzetten,' zei hij. Hij trok een lade open en bekeek enkele cd's die daarin lagen. Daarna stopte hij er een in het apparaat en al snel was de huiskamer gevuld met rustige klanken.

'Zo, dat is beter. Wat zeggen jullie, meiden? Net of we in een vijfsterren restaurant zitten.

In het mannenzaaltje was Coby bezig meneer Zwartjes op bed te wassen. Ze droogde hem af en trok hem een netbroek met daarover zijn onderbroek aan, waarna de sokken en pantalon volgden. Met een handige beweging zette ze hem op de rand van het bed en kleedde hem van boven aan. Toen ze de schoenen bij de man had aangedaan trok ze de tillift dicht bij het bed en deed de band achter zijn rug. Coby pakte de handen van de man beet en legde ze op de beugels. 'Goed vasthouden, meneer Zwartjes!'

Ze drukte op de bedieningsknop en de man kwam omhoog. Toen meneer Zwartjes redelijk rechtop stond, deed Coby de incontinentieluier tussen zijn benen en trok de broeken eroverheen. Ze manoeuvreerde de tillift tot voor de rolstoel van de man en liet hem zakken.

'Zo, u zit weer,' zei Coby. Ze zette de tillift opzij en reed meneer Zwartjes naar de wasruimte waar Karin bezig was met meneer Dijkstra.

'Nog effe scheren, dan bent u weer klaar,' zei Coby en doorzocht zijn toilettasje.

'Meneer Dijkstra is ook afwezig de laatste tijd,' merkte Karin op. Coby stak de stekker in het stopcontact. 'Ik geloof dat ze zijn medicijnen willen veranderen. Die tegen depressiviteit zijn te sterk.'

'Dat kan je wel zeggen,' stelde Karin vast. Meneer Dijkstra keek als een zombie voor zich uit. Het geraas van de scheerapparaten ging helemaal aan hem voorbij. Gedwee liet hij zijn stoppels door Karin verwijderen. Daarna nam Karin een kam en coiffeerde de volle bos haar van de man weer in het gareel. 'Je bent klaar,' zei ze en hielp hem overeind. Ze pakte hem bij zijn hand en volgzaam liep meneer Dijkstra met Karin mee naar de huiskamer.

Coby legde het scheerapparaat terug en smeerde wat aftershave op de wangen van meneer Zwartjes. 'U ruikt weer lekker, meneer Zwartjes. Dat zal uw vrouw wel fijn vinden.'

Heel even was er een glimlach op het gezicht van de man te zien. Coby reed de rolstoel met de man erin naar de huiskamer waar nu meerdere bewoners aan de tafels waren gezet. Meneer Zwartjes kwam bij meneer Dijkstra te zitten. 'Je mag hem wel pap geven, Hans. Brood krijgt hij niet zo goed meer weg.' Ze nam een slab en deed die bij meneer Zwartjes voor.

Met een medicijnblad in zijn hand kwam Kees de huiskamer in. 'Ik zet ze hier neer, Hans. Kan jij ze zo even geven?'

Hans knikte en begon een tafel af te ruimen. 'Heeft 't

gesmaakt, meiden?' vroeg hij aan de vrouwen die daar zaten.

'Ik lust nog wel wat!' zei mevrouw LeBlanc met luide stem.

'Nee hoor, jij krijgt niks meer,' zei Hans. 'Je wordt veel te dik.'

'Ik? Ik ben helemaal niet dik!'

Mevrouw Eizinga schrok op van het plotselinge lawaai. Hans moest lachen. Hij prikte met een vinger in een vetrol bij mevrouw LeBlanc.

'Hé! Hou je handen thuis!' riep mevrouw LeBlanc.

Hans maakte wat brood met smeerworst klaar voor meneer Zwartjes, pakte een kruk en ging naast de man zitten. 'Kijk wat ik voor je heb, Piet.' Hij stopte een stukje van het zachte brood bij de man in zijn mond die er smakelijk op begon te sabbelen. 'Dat lust je wel, hè,' stelde Hans vast.

Met mevrouw Quist aan haar arm kwam Brenda de huiskamer binnen. 'Waar moet zij zitten?' vroeg ze aan Hans.

'Zet 'r hier maar.'

Brenda liet de vrouw in een stoel naast Hans zitten. 'Volgens Coby moet ze vastgezet worden.'

'Ja. Kijk, aan die stoel daar zit een band, haal die er maar af,' wees Hans. Brenda verwijderde de onrustband van de stoel en deed die aan de stoel waar ze zojuist mevrouw Quist had neergezet.

'Waarom moet ze eigenlijk vast?' vroeg Brenda. 'Het lijkt me zo'n rustig vrouwtje.'

Hans trok zijn wenkbrauwen op. 'Ze is valgevaarlijk, schijnt. Heb je een sleuteltje voor die band?'

Brenda schudde haar hoofd.

'Hier, neem deze maar even,' zei Hans en gaf haar zijn sleuteltje.

Brenda maakte het slotje los en klikte het weer dicht toen ze band bij de vrouw om haar middel had bevestigd. Hans stimuleerde meneer Zwartjes nog een stukje brood te nemen.

'Lekker toch, Piet?' Meneer Zwartjes keek hem aan en at tevreden verder. Ondertussen maakte Hans het brood klaar voor mevrouw Quist. 'Wat wil je er op, lieverd?'

Mevrouw Quist keek wat verlegen voor zich uit.

'Lust je dit?' Hans pakte een pot met chocopasta. Voorzichtig deed mevrouw Quist haar mond open en zei zachtjes: 'Ja, dat lust ik wel.'

'Ik weet wel wat je lekker vindt, toch?' zei Hans en smeerde de chocopasta rijkelijk op de boterhammen die hij haar toen voorzette. Daarna vulde hij de kopjes nog eens vol met thee. 'Lekker gaan eten, schat,' zei hij tegen mevrouw Quist die voor zich uit bleef staren. In het voorbijgaan stopte hij een stukje brood bij haar in haar mond en pakte de medicijnen voor meneer Zwartjes van het aanrechtje. Hans deed wat melk in een beker en gaf meneer Zwartjes zijn pillen in de mond. 'Dat zijn je medicijnen, Piet. Slik ze maar door.' Hans gaf hem wat melk te drinken.

'Goed zo, Piet. Hier, neem nog maar wat brood.'

Meneer Dijkstra stond op en begon in de richting van de deur te lopen. 'Ben je het zat, Geert? Wacht, dat servet kan wel af.' Hans verwijderde de slab bij meneer Dijkstra waarna de oude man verder slofte, de gang op.

Mevrouw Mulder en mevrouw Hellinga genoten zichtbaar van de opdracht die Hans hun had gegeven. Ze zaten gezellig aan een tafel het bestek van het ontbijt af te drogen. De gebruiksvoorwerpen werden keurig naast elkaar op een theedoek gelegd. Met een karretje vol met de benodigdheden voor de koffie kwam Hans de huiskamer binnen.

'Keurig, meiden,' zei hij. 'Jullie mogen me vaker helpen.'

Mevrouw Mulder glunderde. Mevrouw Hellinga was te verdiept in haar werk, het compliment ging aan haar voorbij.

Hans begon de kopjes op de tafels te zetten en schonk voor de aanwezige bewoners koffie in. Koekjes deed hij op bordjes en zette er op elke tafel een.

'Hans, Kees vraagt of je ook bij de bespreking komt,' klonk Brenda's stem. Ze nam een koffiepot van het karretje. 'Ik blijf achter.'

Hans reageerde ietwat verbaasd. 'Bespreking? Okay. Je weet wat je te doen staat hier?' vergewiste hij zich voordat hij naar het afdelingskantoortje liep. Hans voegde zich bij de rest van zijn collega's en schonk zich een beker thee in. Behalve het personeel dat vandaag moest werken waren ook Mildred en Magda gekomen om de laatste ontwikkelingen van de bewoners op hun afdeling te bespreken.

'Als eerste,' begon Kees, 'zijn we blij dat Hans weer terug is, zij het nog niet voor honderd procent.' Hij liet zijn blik de kring rondgaan. 'Als een van jullie iets te melden heeft, zeg het gerust,' zei hij voordat hij van wal stak. 'Meneer Zwartjes, zijn medicijnen blijven voorlopig hetzelfde. Zijn vrouw wilde niet dat hij nog meer krijgt.'

'Heeft ze met de arts gepraat?' wilde Coby weten.

'Ja, maar ze blijft bij haar standpunt. Gewoon minder pap en melk geven, zodat hij niet meer zo kwijlt.'

'Vanochtend heeft 'ie lekker genoten van zijn brood met smeerworst,' zei Hans.

'Prima,' zei Kees. Hij bekeek zijn lijst en vertelde over de bezorgde dochter van meneer Dijkstra. 'Zijn dochter was hier en ze was nogal overstuur, volgens haar doen die medicijnen haar vader geen goed.'

'Ik schrok van hem,' zei Joost, die pas een vakantie achter de rug had. 'Hij loopt als een zombie door de gangen.'

Beamend keek Kees in zijn richting. 'De Ludiomil wordt gestopt nu en als hij onrustig gedrag gaat vertonen moeten we iets anders verzinnen.'

'Ik vind wel dat hij iets moet krijgen,' zei Mildred op doordringende toon. 'Hij kan behoorlijk agressief zijn.'

'Dat valt wel mee,' merkte Magda op.

'Nou,' ging Mildred verder, 'hij heeft laatst toch maar mooi die … uh, hoe heet ze ook al weer, die uitzendkracht geslagen.'

'Dan zal ze het er zelf wel naar gemaakt hebben,' deed Kees de kwestie af. Mildred keek hem aan. 'Mij heeft 'ie anders ook een keer een mep verkocht.'

Er heerste een korte stilte. Kees keek op zijn lijst.

'Goed,' zei hij toen. 'Mevrouw Vermeulen, die heeft vanaf nu abstinerend beleid. Er is over gesproken met de arts en de familie en we vinden dat het geen zin heeft die vrouw te kwellen met eten en drinken als ze zelf aangeeft dat ze niet wil.'

'Vanochtend heeft ze de pap helemaal opgegeten,' zei Karin.

'Uitstekend. Volgende, mevrouw Quist. De familie was er naderhand niet zo blij mee dat moeder wordt gefixeerd, maar ze zien toch wel in dat het niet anders kan …'

'Ze is hartstikke onvoorspelbaar,' viel Coby hem bij.
Kees knikte.

'Kan ze niet in een geriatrische stoel?' vroeg Hans. 'Die strakke band om haar heen lijkt me ook geen pretje.'

'Nee, dat werkt niet bij haar, Hans,' zei Karin. 'Hebben we al geprobeerd. Ze liet zich gewoon onder het tafeltje door glijden.'

Kees sneed het volgende punt aan. 'Mevrouw van der Wal, denken jullie er alsjeblieft aan dat die vrouw haar boterham krijgt om negen uur 's avonds. Laatst had ze weer een hypo.'

'Ze eet die boterham altijd op, hoor,' maakte Magda duidelijk.

'Ik heb afgelopen week *'s ochtends* tot drie maal toe die boterham, onaangetast, bij De Wiek gevonden,' wierp Kees tegen. 'Hoe verklaar je dat dan?'

'Als ik Avond heb, krijgt ze altijd iets te eten om negen uur,' antwoordde Magda.

'Iedereen. Let er alsjeblieft op,' zei Kees nog eenmaal en keek zijn team rond. De collega's knikten. Zijn koffie roerend, informeerde Kees of iemand nog iets te melden had.

'Wat vinden jullie van mevrouw Oostenbrink?' vroeg hij toen.

'Die mag je ook wel vastbinden,' merkte Mildred op. 'Je wordt horendol van haar.' Karin keek opzij naar haar collega. 'Zeur toch niet,' zei ze. 'Je hebt geen kind aan haar.'

Mildred blikte in haar richting. 'Elke keer als het etenstijd is, moeten we het hele huis afzoeken om haar aan tafel te krijgen,' zei ze defensief. Of we daar tíjd voor hebben!'

'Mevrouw Oostenbrink?' vroeg Hans zich af. 'Ik denk niet dat ik haar aan het ontbijt gehad heb vanochtend.'

'Ze zat op de Zaagmolen,' zei Tiny. 'Die hebben haar wat te eten gegeven.'

'Volgens mij is ze hartstikke ongelukkig hier,' zei Coby.

Kees moest toegeven dat hij hetzelfde dacht.

'Volgens de rapporten kwam ze in aanmerking voor

een psychogeriatrisch tehuis, maar nu. Ik weet het niet zo zeker.' Hij keek Joost aan. 'Ze ligt op jou kant, want vind jij van haar?'

Joost haalde zijn schouders op. 'Ik heb haar nog maar een keer geholpen, kan er wel wat beter op gaan letten. Moeilijk te zeggen zo.'

Mildred slaakte een zucht. 'Ze is precies zoals mevrouw Hinloopen. Die loopt toch ook de hele tijd haar huis te zoeken.'

Brenda had de bewoners koffie met koek gegeven en was in huiskamer één bezig mevrouw Vermeulen wat te laten drinken uit een tuitkannetje. Er heerste een rustige sfeer in de huiskamer, de bewoners die er zaten, staarden gelaten voor zich uit. Mevrouw Vermeulen dronk langzaam, met kleine slokjes. Toen de vrouw vermoeid leek te worden, stopte Brenda. Ze pakte een tuitkannetje met koffie voor meneer Zwartjes en wilde het hem geven toen een vrouw de huiskamer binnenkwam.

'Hij krijgt gewoon uit een kopje, hoor,' zei ze tegen Brenda.

'O, dat wist ik niet.'

'Jij bent zeker nieuw,' zei de vrouw. 'Dat is mijn man. Ik help hem wel verder.' Ze deed haar jas uit en legde die over een stoel.

'Ik ben van het uitzendbureau,' verduidelijkte Brenda.

'Ja, 't zal wel niet makkelijk zijn, elke keer wat anders. Hallo Piet.' Ze gaf haar man een zoen op zijn wang.

'Ach, dat valt wel mee,' antwoordde Brenda. Ze goot de koffie uit het tuitkannetje in een kopje. 'Wilt u zelf ook een kopje koffie?'

'Ja, doe maar. Drink ik gezellig samen met mijn man, hè Piet?'

Nadat Brenda een kop koffie voor mevrouw Zwartjes had neergezet, nam ze plaats naast mevrouw Quist die haar koffie nog niet aangeraakt had. Ze hield het kopje bij de vrouw voor haar mond. 'Drink maar op, het wordt helemaal koud.'

Mevrouw Quist keek naar haar.

'Toe maar, drink maar.'

De vrouw nam een slokje en schudde toen haar hoofd.

'Zij heeft wel vaker van die buien,' zei mevrouw Zwartjes.

Brenda voelde aan de onrustband die om de buik van mevrouw Quist zat. 'Die zit wel erg strak,' stelde ze vast. 'Ze kan amper ademhalen.'

'Ja, maar dat moet zo,' zei mevrouw Zwartjes. 'Ze is al een paar keer gevallen.'

'Ik ben er nu toch bij,' zei Brenda. Ze probeerde mevrouw Quist nog wat koffie te laten drinken maar de vrouw draaide haar hoofd weg.

'Dan kan ik er ook niets aan doen,' verzuchtte Brenda.

'Ja, je kan ze niet dwingen,' zei mevrouw Zwartjes en veegde de mond van haar man schoon.

Brenda nam het koffiekarretje mee naar de andere huiskamer waar meneer Heukelom en mevrouw Groen hand in hand naast elkaar op het bankje zaten. Mevrouw van de Veer, mevrouw Jung en mevrouw Kuil zaten aan een tafel.

'Zal ik jullie wat koffie inschenken?' vroeg Brenda. 'Waar zijn de anderen? Allemaal weggegaan?'

De dames keken voor zich uit, alleen mevrouw Kuil mompelde iets over 'koffie'. Brenda gaf de koektrommel aan mevrouw Kuil om haar rond te laten gaan met koek, maar mevrouw Kuil pakte een koekje uit de trommel en zette die toen voor zich neer. Brenda schonk wat kopjes vol met koffie en plaatste deze op de tafels voor de bewoners.

De kapster bracht mevrouw van der Wal, wier haar weer mooi in de krul zat, terug in de huiskamer. 'Ga hier maar zitten, mevrouw van der Wal,' zei ze en schoof een stoel opzij voor de vrouw, en zich tot Brenda richtend: 'Ik heb mevrouw Stam nog zitten, en mevrouw Idema maar die komt niet klaar voor het eten. Kan jij vragen of ze wat eten willen bewaren voor haar?'

'Ja, da's goed.' Ze schonk wat koffie in voor mevrouw van der Wal en hield haar de koektrommel voor. De vrouw graaide er een paar uit.

'Wat een hebber,' zei mevrouw Kuil.

Brenda glimlachte. 'Ze heeft honger, mevrouw Kuil. Ze heeft bijna de hele ochtend bij de kapster gezeten.'

Mevrouw van der Wal liet zich de koekjes lekker smaken.

De geur van het middageten was vervaagd. De afgekoelde eetkar stond bij de lift om naar de keuken gebracht te worden. Brenda en Joost waren in een van de huiskamers bezig de tafels te ontruimen en te ontdoen van kliedervlekken. De bewoners kregen nog iets toe.

'Zij is diabeet,' zei Joost toen Brenda mevrouw van de Wal een toetje gaf. 'Ze krijgt die met dat gele erop, die zijn suikervrij.'

Brenda zette de vrouw een ander toetje voor, waar ze gretig van begon te eten. 'Ze heeft vanochtend gewone koek gehad,' zei ze.

'Och, één koekje is niet erg,' stelde Joost haar gerust.

'Ze heeft er wel drie opgegeten.'

Joost kreeg een bedenkelijke blik op zijn gezicht. 'O. Nou ja, we kunnen het er niet meer uithalen.' Zijn aandacht werd getrokken door mevrouw Idema die zojuist de huiskamer betrad aan de arm van de kapster.

'Wat heb je in hemelsnaam met haar haar gedaan?' vroeg hij aan de kapster.

'Vind je het leuk?' wilde deze weten.

Joost was ontzet . 'Je hebt het eraf geknipt!'

'Ja,' antwoordde de kapster, niets vermoedend. 'Het moest eraf.'

'Het moest eraf? Wie heeft gezegd dat het eraf moest!?'

'Nou, die … die hier vanochtend was. Mildred.'

Joost schudde zijn hoofd. 'Mildred. Wat heeft die er mee te maken?'

Hij streek mevrouw Idema over haar korte, gepermanente haar.

'Ja, Mildred. Ze zei dat mevrouw Idema altijd zo krijste als haar haar gekamd moest worden en dat het beter was als het kortgeknipt werd.'

'Wat een onzin,' zei Joost. 'Ze krijst nooit.'

'Ja, sorry hoor. Ik doe alleen mijn werk. Het zit zo toch ook mooi?'

De kapster probeerde nog wat lof te verwerven.

Joost zei niets meer, hij nam mevrouw Idema bij haar hand en leidde haar naar een stoel. 'Ik ga even je eten opwarmen, lieverd,' zei hij tegen de vrouw. 'Je zult wel honger hebben.'

Brenda sloeg een medelijdende blik op mevrouw Idema, die ze vanochtend nog een prachtig gevlochten kapsel in haar lange, dikke haar had gegeven en begon toen langzamerhand de lege schaaltjes van de toespijs op te ruimen.

*B*uiten hadden zich enkele merels al vroeg kenbaar gemaakt.

Zonnestralen hadden hun weg gevonden, ze slopen door de witte vitrage het kantoortje binnen. Paul moest wennen aan het helle licht na weer een nacht in kunstmatige schemering te hebben doorgebracht.

'Je mag het zonnescherm wel naar beneden doen,' zei Marjan.

'Waarom? Mooi toch, 't zonnetje erbij,' verzekerde Paul. 'Morgenstond heeft goud in de mond.'

Marjan ging zitten. 'Ja, en avondstond heeft stront in de mond.'

Paul grinnikte. 'Was het zo erg vannacht?'

'Mm … af en toe snap ik niet dat er nog mensen zijn die dit beroep kiezen,' vroeg Marjan zich af. Ze pakte haar sigaretten uit haar uniformzak en wilde er een opsteken.

'Ga hier nou niet zitten paffen,' zei Paul, 'de dagdiensten komen straks.'

Marjan wilde iets zeggen maar deed haar sigaretten weer in haar zak. Paul begon het bureau op te ruimen en sloot de medicijnkast af. Op de gang klonk het geluid van een opengaande deur.

'Er komt er al weer een uit bed,' merkte Marjan geeuwend op. Ze pakte de koffiepot en schonk wat koffie in. Na de eerste slok trok ze een vies gezicht en zette de beker neer. 'Heb je nog geen verse koffie?' vroeg ze.

'Wordt aan gewerkt,' zei Paul.

Traag liep mevrouw Hinloopen in haar nachthemd langs het kantoortje. Ze stopte toen ze merkte dat daar mensen zaten.

'Goeiemorgen, mevrouw Hinloopen,' zei Paul. 'U bent er vroeg bij.'

'Moet u naar de markt of zo,' informeerde Marjan.

' … Dat weet ik nog niet,' zei mevrouw Hinloopen. Ze draaide wat besluiteloos heen en weer in de deuropening. Paul liep langs haar heen om de koffie te gaan halen.

'Wat gaat 'ie doen?' vroeg mevrouw Hinloopen.

'Hij komt zo terug,' zei Marjan. Ze pakte een oude krant uit de vensterbank en begon er in te bladeren. Al snel verscheen Paul met enkele koffiekannen. 'Wilt u koffie?' vroeg hij aan mevrouw Hinloopen.

Ze keek hem aan. 'Mag dat?'

'Natuurlijk, anders vroeg ik het toch niet. Ga maar zitten.'

Mevrouw Hinloopen nam plaats op een stoel en Paul zette haar een kop koffie voor.

'Ze is toch niet nat, hè?' vroeg Marjan aan Paul.

'Welnee,' zei hij, 'die is nooit incontinent.'

'Regent het?' vroeg mevrouw Hinloopen.

'Nee hoor. Hoe komt u daar nu bij?'

'Ik dacht dat ze zei dat het nat was,' zei mevrouw Hinloopen.

Marjan legde de krant weg en deed wat melk in haar koffie. 'Ik ga bij De Wiek zitten,' zei ze. 'Ik wil even roken.'

'Ben je nog steeds niet genezen?' vroeg Paul. 'Zelfs niet na dat bericht over Laura?'

'Het is toch niet gezegd dat die kanker van haar door het roken komt,' reageerde Marjan.

Paul keek haar aan. 'Nou, die kon er trouwens ook wat van.'

Verdedigend hield hij een hand op toen Marjan tegen die opmerking in wilde gaan. Deze nam haar koffie en liep naar de enige ruimte op de afdeling waar het toegestaan was de omgeving te vervuilen met nicotinewalmen. Paul pakte de nieuwe dienstlijst van het mededelingenbord en begon zijn diensten over te schrijven in zijn agenda.

Mevrouw Hinloopen nam een paar voorzichtige slokjes van haar koffie en zette het kopje toen weer neer. 'Mooi weer, hè,' zei ze.

Paul was verdiept, hij probeerde *zijn* diensten van die van de anderen te onderscheiden. Mevrouw Hinloopen nam nog een slokje koffie maar stond toen op en liep het kantoortje uit. Paul sloeg een vluchtige blik op zijn horloge. 'Mevrouw Hinloopen, wacht maar even.' Hij stopte zijn agenda weg en ging achter haar aan. 'Ik ga u gelijk helpen.'

'Helpen? Waarmee,' zei de vrouw.

'Kom maar,' zei Paul en pakte haar bij haar arm. 'Ik ga u alvast wassen en aankleden.'

'Dat kan ik zelf wel,' zei mevrouw Hinloopen.

'Kom toch maar, dan help ik u even.'

Bij haar kamer zette Paul de vrouw op een stoel aan de wasbak. Uit het kastje pakte hij een paar washanden en gaf mevrouw Hinloopen er een. Hij liet wat water in de wasbak lopen en gaf de vrouw een stuk zeep. 'Ga uw gezicht maar wassen,' zei hij tegen haar, zelf waste hij haar rug.

'Goed zo,' zei Paul, 'en uw armen … Wat zeep aan de washand doen.'

Heerlijk poedelend met water en zeep waste mevrouw Hinloopen zichzelf daar waar ze bij kon. Paul droogde haar rug af en gaf haar toen de handdoek. 'Goed afdrogen,' zei Paul.

Hij liep het slaapzaaltje op en pakte ondergoed en een jurk uit haar kast. Paul waste mevrouw Hinloopen nog even van onder en trok haar toen het ondergoed aan, waarna hij haar de jurk voorhield. 'Kijk eens?'

'Nou zeg,' zei mevrouw Hinloopen. 'Is dat niet te

mooi voor vandaag?'

'Te mooi? 't Is zondag, mevrouw Hinloopen.'

'O, zondag ... dat wist ik niet.'

'Misschien komen uw kinderen nog,' zei Paul terwijl hij haar hielp de jurk aan te trekken.

' ... Nou, dat weet ik zo net nog niet.'

'Niet zo pessimistisch, mevrouw Hinloopen. Uw kinderen komen toch vaak op zondag?' Hij pakte een kam en wat haarspeldjes uit haar tasje met toiletspulletjes.

'Dat weet ik niet,' zei mevrouw Hinloopen. Paul kamde de haren van de vrouw, maakte een klein vlechtje en stak dat met de speldjes vast op haar achterhoofd.

'Zo. U bent klaar,' zei Paul. 'Kijk 'es hoe mooi het zit?' Hij wees naar de spiegel. Mevrouw Hinloopen keek doelloos naar het spiegelkastje.

'Kijk, mevrouw Hinloopen, daar in de spiegel,' zei Paul. Mevrouw Hinloopen keek naar de reflectie. 'Bedoelt u die man?' vroeg ze.

'Nee, dat ben ik. Ik bedoel die vrouw. Dat bent u.'

Mevrouw Hinloopen kreeg een onbegrijpelijke uitdrukking op haar gezicht. 'Die ouwe vrouw?'

'Ja, mevrouw Hinloopen, dat bent u.'

'Je bent niet goed wijs,' zei de vrouw. 'Zo zie ik er toch niet uit.' Ze draaide zich van de spiegel weg.

'Toch is het zo,' zei Paul. 'Hoe oud denkt u dat u bent?'

Mevrouw Hinloopen blikte wat besluiteloos. ' ... Dat weet ik niet precies ... vijftig.'

Paul glimlachte en hield de deur voor haar open. 'Nou, laten we het daar dan maar op houden, lieverd.'

Hij ruimde de vuile was op en ging terug naar het kantoortje. Mevrouw Hinloopen was in de huiskamer gaan zitten. Een paar dagdiensten waren al gearriveerd en Karin was blij toen ze merkte dat Paul al een bewoner had gewassen en aangekleed. Mariska zat met een stapel verpleegmappen voor haar neus om het nieuws van de laatste dagen door te nemen.

'Was 't rustig, Paul?' vroeg ze.

'Gewoon. Niet veel bijzonders.'

Hij sloeg een blik op zijn collega's. 'Kan ik alvast wat overdragen? Ik wil naar huis.'

Karin ging daarmee akkoord. Paul stak van wal. 'Mevrouw Bakker wordt nog vaak op haar rug gelegd 's avonds … '

'Ik geloof dat ze dat doen omdat haar heupen ook drukplekken gaan vertonen,' viel Karin hem in de rede.

Paul liet een vermoeide zucht horen. 'Ja, zo gaan die wonden nooit dicht,' zei hij. 'Mevrouw Oostenbrink, ging weer laat naar bed,' vervolgde hij. 'Ze heeft tot drie uur hier op het kantoortje gezeten, is van ellende in slaap gevallen.'

Mariska keek op. 'Wie is dat?'

'Mevrouw Oostenbrink, is twee weken geleden hier gekomen,' verduidelijkte Karin. Mariska keek nog eens in de map. 'Ze zit op unit één,' zei Karin.

'Verder niets noemenswaardigs.' Paul pakte zijn tas. 'Prettige dag en uh, werk ze … O, mevrouw Jung wordt vanochtend gehaald door familie,' zei hij tot slot, 'misschien kunnen jullie die op tijd helpen.'

'Komt goed,' zei Karin. 'Slaap lekker, Paul. En geniet van je dag. Het belooft mooi te worden.'

Paul hield een hand tegen zijn wang om duidelijk te maken dat hij eerst een tijdje wilde gaan slapen.

'Zullen we maar beginnen,' zei Mariska tegen Karin. 'De rest zal wel later komen met dat openbaar vervoer op 't weekend.'

Karin knikte. 'En alleen kop en kont, hoor. 't Is zondag.'

Ze liep naar het afdelingskeukentje om een karretje voor te bereiden voor het ontbijt. Ze schonk voor mevrouw Hinloopen, die nog steeds voor zich uit te staren in de huiskamer, een kopje thee in. 'Kijk vrouw, hier heb jij alvast wat te drinken.'

Mevrouw Hinloopen keek haar aan. 'Dank u wel, hoor,' zei ze.

&

Aan de arm van een vrouw begeeft mevrouw Hinloopen zich door een gangpad in de kerkruimte. Er zitten meer mensen in de zaal. Een man speelt op een orgel. Ze wil er naar toe gaan. 'Nee, mevrouw Hinloopen. U mag gaan zitten.'

Mevrouw Hinloopen kijkt de vrouw aan.

'Hier kunt u gaan zitten.' De vrouw gaat zitten en wijst de stoel ernaast aan. Mevrouw Hinloopen neemt plaats. De vrouw glimlacht naar haar. Er zijn meer mensen in de zaal. Ze kijkt naar de man die muziek maakt, er hangt een groot kruis bij hem. Mevrouw Hinloopen begint zachtjes te neuriën. De vrouw naast haar pakt haar hand.

'Mooie muziek, hè, mevrouw Hinloopen,' zegt ze blij. 'Daar houdt u toch zo van?' De vrouw geeft haar een vel papier. 'Kijk, deze liederen gaan we zingen vandaag.'

Mevrouw Hinloopen kijkt naar het vel papier. 'Ik help u wel, hoor,' zegt de vrouw. 'Maakt u zich maar geen zorgen.'

De man achter het orgel gaat luider spelen. De mensen beginnen te zingen. De vrouw naast haar zingt ook mee. Mevrouw Hinloopen neuriet op de tonen van de muziek. De vrouw wijst haar de woorden op het papier aan:

'Laat 's Heren lof ten hemel rijzen, hoe goed is het

95

onze Heer te prijzen,' fluistert ze.

' … Taamt ons … aan te heffen … ' mompelt mevrouw Hinloopen, '… zijn … harte treffen … Hij wil …ruzalem bouwen … mmm … mmm.'

Als de muziek stopt komt er een man naar voren. 'Dat is de dominee,' fluistert de vrouw.

De man heeft een blij gezicht.

'Goedemorgen samen,' zegt hij. 'Ik ben blij dat u allemaal gekomen bent op deze mooie dag, om onze Vader in de hemel te eren en te danken voor al het goede wat we elke dag weer mogen ontvangen.'

'Dank u wel!' roept iemand.

Mevrouw Hinloopen kijkt in het rond.

'Ik stel voor dat we eerst nog een mooi lied gaan zingen,' zegt de man. 'De tekst staat op het blad dat u allen heeft gekregen.' De muziek begint weer. De vrouw wijst mevrouw Hinloopen de woorden aan. '*Daar ruist langs de wolken,*' zegt de vrouw.

'O,' zegt mevrouw Hinloopen. Ze begint te neuriën.

'Kent u de woorden niet? Het is een heel bekend lied, hoor,' zegt de vrouw.

Mevrouw Hinloopen kijkt haar aan. 'Mooie muziek!' zegt ze.

'Ssst, niet zo luid … we zijn nu aan het zingen.'

Mevrouw Hinloopen luistert naar de muziek en kijkt naar de zingende mensen om haar heen. Achter haar brult iemand luid de woorden mee.

'GEEN NAAM IS ER ZOETER EN BETER VOOR 't HART … '

Mevrouw Hinloopen begint haar mond mee te bewegen op de woorden. 'Kent gij, kent gij, die naam nog niet,' zingt ze voorzichtig. '… Die naam draagt mijn Heiland, mijn lust en mijn lied.'

De vrouw die naast haar zit, pakt haar bij haar hand.

'Goed zo, mevrouw Hinloopen,' fluistert ze blij. Mevrouw Hinloopen zingt verder: ' … Zo lief had hij zondaars, dat hij voor hen stierf … nnn … nnnn. Kent gij … kent gij die Jezus niet. Die om ons te redden, de hemel verliet!'

Er is iemand die heel luid zingt. De vrouw die naast haar zit kijkt achterom.

'DANK U WEL,' roept iemand als het lied afgelopen is. Er klinkt gefluister.

Een man gaat voorin staan. 'Nu we allemaal zo mooi gezongen hebben, wil ik u graag voorgaan in het gebed,' zegt hij. De man heft zijn handen op.

'Wij danken u, hemelse Vader, dat u ons de afgelopen week behoed heeft voor al het kwaad zodat wij vandaag, op deze prachtige, zonnige dag weer bij elkaar konden komen om u te eren … '

'AMEN!' roept iemand.

Mensen fluisteren, mevrouw Hinloopen kijkt om zich heen.

' … Kracht kunnen vinden zodat we deze mensen die het hard nodig hebben, kunnen helpen.'

De man die voorin staat heeft zijn ogen dicht.

'DANK U WEL!'

' … Amen,' zegt de man die voorin staat. Hij doet zijn ogen weer open. De vrouw die naast mevrouw Hinloopen zit, draait zich om. 'Anders breng je hem maar weg,' zegt ze. De muziek begint weer. De mensen beginnen te zingen.

'Komt laat ons zingen al te saam. God is goed,' wijst de vrouw aan op het papier. 'Hemel en aarde prijst zijn naam. God is goed.'

Mevrouw Hinloopen beweegt haar hoofd op de tonen van de muziek. De vrouw die naast haar zit, kijkt haar blij aan. 'Daar is de dominee weer,' zegt ze als de muziek ophoudt. 'Hij gaat nu iets uit de Bijbel lezen.'

De man legt een boek op het tafeltje. Hij kijkt in het rond. 'In het woord was leven, en in het leven was het licht der mensen, lezen wij in het evangelie van Johannes.'

De man heeft de aandacht van mevrouw Hinloopen. 'M'n vader heet ook Johannes,' zegt ze.

'Verderop staat,' vertelt de man als hij zijn vinger opsteekt, 'dat *allen* die hem aangenomen hebben en in hem geloofden het recht hebben gekregen God's kinderen te worden … '

'DANK U WEL,' roept iemand. Mevrouw Hinloopen kijkt achterom.

' … Het *recht* … Dat is nogal wat, als wij, simpele mensenkinderen het *recht* krijgen God's kinderen te worden … Maar daar moeten we wel wat voor doen. Zoals Jezus heeft gezegd: Wie drinkt van het water wat Ik hem zal geven, zal geen dorst meer krijgen.' De man is stil en kijkt in het rond. Hij kijkt streng. 'Wij moeten dus God *gehoorzamen*, willen wij van die eeuwige bron kunnen blijven drinken.'

'VERDOMME,' roept iemand.

De vrouw die naast mevrouw Hinloopen zit, draait zich om. 'Hij is wel erg storend, hoor,' zegt ze. Mevrouw Hinloopen kijkt ook achter zich.

'Niet zo roepen, meneer Baars,' zegt een zuster.

' … Ik ben het brood des levens,' zegt de man die voorin staat.

'O,' mompelt mevrouw Hinloopen, 'brood des levens … '

' … Wie tot mij komt, zal nimmermeer verhongeren.' De man steekt een vinger op. 'Willen wij dus gered worden en behouden blijven, moeten wij *leven* naar het woord van God.'

'AMEN!'

'Breng hem maar weg,' zegt iemand. Mevrouw Hinloopen kijkt achterom. Een man wordt door een zuster weggereden.

'Waar gaat hij naar toe?' vraagt mevrouw Hinloopen.

De vrouw pakt haar bij haar hand. 'Het is beter zo, vindt u ook niet?' zegt ze. 'Dat geroep, dat hoort toch niet tijdens de dienst.'

De man voorin begint weer te praten.

'Moeten we hier nog lang zitten?' vraagt mevrouw Hinloopen aan de vrouw.

'Ssst … Tot de dienst af is,' fluistert de vrouw. 'U wilt toch niet weg? Zo direct gaan we weer zingen.'

' … Als iemand dorst heeft, hij kome tot mij en drinke … Het is allemaal zo simpel,' zegt de man. 'Wij hoeven ons maar tot God te wenden en Hij zal ons helpen,' de man kijkt ernstig, 'want, zoals het staat geschreven, het hart van wie in Hem gelooft zal een bron zijn waaruit levend water zal vloeien … '

'Ik moet naar de wc,' zegt mevrouw Hinloopen.

'Kan u het nog even ophouden?' zegt de vrouw zachtjes.

Mevrouw Hinloopen kijkt haar aan.

'Ik breng u zo,' fluistert de vrouw. 'Kijk, de muziek begint weer, we gaan weer zingen.'

Mevrouw Hinloopen kijkt naar de man bij het kruis. Hij maakt mooie muziek. De mensen om haar heen zingen. De vrouw houdt haar een vel papier voor.

'Hier, probeer de woorden maar te lezen,' zegt de vrouw zachtjes. Ze wijst iets aan op het papier.

'… Blijf in vreugde en smart … Mmm … mmm … nabij ons … Uw woord … roepstem hoort … nnnn … nnnn … nabij ons Heer, meer en meer … '

Als de muziek afgelopen is, gaat mevrouw Hinloopen staan. De vrouw naast haar pakt haar bij haar arm. 'Nog even blijven zitten, mevrouw Hinloopen. Het is zo af.'

'Ik moet naar de wc.'

'Ik ga u zo helpen,' zegt de vrouw.

Mevrouw Hinloopen trekt haar arm terug. 'Ik hoef geen hulp,' zegt ze en loopt weg.

₠

Met drukke bewegingen was Mildred bezig de tafels te ontruimen. Ze zette de borden in de gootsteen en smeet het bestek erbij. Zusterlijk liepen mevrouw Hinloopen en mevrouw Oostenbrink heen en weer in de huiskamer.

'Ga 'es zitten,' zei Mildred, 'ik word doodnerveus van jullie.' Ze zette de glazen op het aanrechtje, liet de gootsteen vollopen met water en deed er wat afwasmiddel bij.

'Hebt u een sleutel?' vroeg mevrouw Oostenbrink aan Mildred.

'Nee. Ik heb geen sleutel.' Op een driftige manier begon ze snel alle borden af te wassen en zette ze in het rek.

'Hoe moeten we dan naar buiten?' vroeg mevrouw Oostenbrink weer.

'We gaan niet naar buiten,' zei Mildred. 'We blijven hier.' Ze gooide het bestek bij de borden in het rek en deed de glazen in het sop.

'Maar … hoe moeten we dan naar huis?' vroeg mevrouw Hinloopen.

'Jullie wonen nou hier,' zei Mildred.

'Ik wil naar mijn huis,' zei mevrouw Oostenbrink.

'Ik ook,' maakte mevrouw Hinloopen duidelijk.

Mildred draaide zich om. 'Jij hebt geen huis meer, mevrouw Hinloopen. Dat is verkocht.'

'Hoe kan dat nou?' vroeg mevrouw Hinloopen.

100

'Je werd ziek en toen hebben je kinderen je hier gebracht,' zei Mildred, 'en ze hebben je huis verkocht.'

Mevrouw Hinloopen keek haar beduusd aan.

'O, wat erg,' zei mevrouw Oostenbrink medelijdend tegen mevrouw Hinloopen.

' … Maar,' stamelde mevrouw Hinloopen, ' … kan ik dan niet bij mijn kinderen wonen?'

'Die willen *jou* toch niet in huis hebben!' zei Mildred.

Mevrouw Hinloopen draaide zich niet begrijpend om.

'Je kunt wel bij mij wonen, hoor,' zei mevrouw Oostenbrink. 'Ik heb mijn huis nog.'

'Dat moet je zelf weten,' zei Mildred, 'als jullie mij maar niet voor mijn voeten lopen.'

Mevrouw Oostenbrink sloeg een meelevende blik op mevrouw Hinloopen, pakte haar bij haar arm en samen liepen ze de gang in.

Veel familieleden hadden vandaag hun weg gevonden naar Molenhoek. Klein –en achterkleinkinderen bleken niet echt geïnteresseerd in het bezoek wat hun ouders vandaag op het programma hadden staan. Het was duidelijk onder welk mom de kinderen waren meegenomen door hun ouders; geïntrigeerd waren ze bezig uit te vinden of de molen nu wel echt werkte. Ze roerden met hun vingers in het water van het fonteintje, niet veel acht slaand op de oma's en opa's die af en toe voorbij liepen. De ouders van de kinderen en kleinkinderen probeerden hun tijd te verdelen tussen hùn ouders en ondertussen de kroost in de gaten houden.

De volksmuziek die uit de muziekinstallatie kwam en die moest bijdragen aan de gezelligheid bij De Wiek, werd overstemd door geroezemoes. Het deerde meneer Heukelom en mevrouw Groen niet in het minst. Hand in hand baande ze zich een weg door de bedompte ruimte tot ze een plaats vonden op een bankje bij het salontafeltje.

Meneer Heukelom hield de hand van mevrouw Groen vast in zijn schoot. Zwijgzaam keken ze voor zich uit.

Mariska kwam eraan met een karretje waarop ze nog enkele glazen sap had die ze uitdeelde aan bewoners. 'Kijk, hier hebben jullie wat te drinken,' zei ze tegen mevrouw Groen en meneer Heukelom. Mevrouw Groen richtte haar hoofd op en pakte een glas sap aan.

'Meneer Heukelom, ik heb wat sap voor u.' Meneer Heukelom reageerde niet. Mariska schudde hem aan zijn schouder en hield hem een glas voor. Dit keer zag hij het en pakte het glas aan. Hij knikte Mariska vriendelijk toe. Mariska's oog viel op mevrouw Hinloopen die met snelle pas De Wiek voorbij liep. Ze nam een glas sap van het karretje en ging achter de vrouw aan.

'Hallo. Heeft u al wat gedronken? vroeg Mariska.

'Ik hoef niks.' Mevrouw Hinloopen maakte geen aanstalten langzamer te gaan lopen.

'Kom. Even iets drinken.' Mariska pakte de vrouw bij haar hand.

'Nee! Ik wil niks drinken,' zei mevrouw Hinloopen op recalcitrante toon.

'Wat is er dan? Anders heeft u altijd dorst.'

'Ik wil niks,' zei mevrouw Hinloopen en liep weer snel door, nagekeken door een schouderophalende Mariska. Ze verdeelde de laatste twee glazen en ging naar het afdelingskantoortje waar Karin en Joost al bezig waren hun rapporten te schrijven.

'Mevrouw Hinloopen heeft het ook op haar heupen,' zei Mariska terwijl ze de verpleegmappen van haar unit erbij nam. 'Is haar dochter soms net vertrokken?'

Joost schudde zijn hoofd. 'Ik denk dat haar dochter niet geweest is vandaag.'

'Het komt door mevrouw Oostenbrink,' verklaarde Karin. 'Die brengt haar op ideeën.' Ze borg een status op en nam de volgende.

Plotseling klonk er een vreselijk gekrijs uit een van de huiskamers. Mariska keek verschrikt op.

Met twee stappen was Joost op de gang, gevolgd door zijn collega's. Snel liepen ze naar huiskamer één waar het gekrijs aanhield. Op de gang klampte mevrouw Oostenbrink Karin aan: 'Kom gauw,' zei ze angstig, 'ze is gevallen.'

In de huiskamer lag een jammerende mevrouw Quist op de vloer, de onrustband hield haar vastgeketend aan de stoel die over haar heen lag. Bloed kleurde het beige linoleum rood.

'Mevrouw Quist, hoe krijgt u *dat* nu voor elkaar!' Joost trok aan de stoel om die weer overeind te krijgen maar hij merkte al gauw dat dat niet zo eenvoudig was. Mariska knielde naast de stoel met de vastgeklemde mevrouw Quist. Voorzichtig hield ze haar hand onder de wang van de vrouw.

'We moeten haar overeind zetten,' zei Karin vastberaden. Ze pakte een armleuning en gebaarde Joost hetzelfde te doen. Dit maal lukte het de vrouw met stoel en al rechtop te zetten. Bloed stroomde uit een wond boven haar rechteroog over haar gezicht en op haar jurk.

'Is het erg?' vroeg mevrouw Oostenbrink ontsteld. Karin bekeek het hoofd van de jammerende vrouw. 'Stil maar, mevrouw Quist,' zei ze. 'Het komt allemaal wel weer goed.'

Joost betastte de plek rond de snee. Mevrouw Quist begon te huilen.

'Ik haal het weekendhoofd,' zei Mariska en liep de gang op.

'Stil maar, vrouw,' zei Joost. Daar waar de oude huid gespleten was, was een gapende snee te zien. ''t Ziet er niet mooi uit,' vervolgde Joost.

'Waar heeft ze zich in hemelsnaam aan gestoten.'

'Haar huid is dun als papier, zo kapot,' zei Karin. 'Laten we haar maar naar 't kantoortje brengen.'

Joost maakte de onrustband los en ondertussen haalde Karin een rolstoel. Behoedzaam pakte mevrouw Oostenbrink de hand van mevrouw Quist beet. 'Stil maar, hoor,' zei ze. 'De zusters gaan je al helpen.'

Mevrouw Quist trok een benauwd gezicht toen Joost haar duidelijk maakte dat ze in de rolstoel moest gaan zitten. 'Voorzichtig aan maar, mevrouw Quist. Wij helpen u.'

Karin nam de vrouw onder de ene arm en Joost pakte haar onder de andere. Bedreven hevelden ze de vrouw over in de rolstoel en brachten haar naar het kantoortje. Karin pakte de verbandspullen uit de medicijnkast waarna ze de wond schoon begon te maken. Het duurde niet lang voordat Agnes, het weekendhoofd, op kwam dagen.

'Hoe voelt ze zich?' wilde deze weten terwijl ze de wond bekeek. 'Volgens mij moet het gehecht,' stelde ze al snel vast.

Agnes ging aan het bureau zitten en nam de telefoon. 'Een van jullie zal even met haar mee moeten,' zei ze. Ze vervolgde het telefoontje toen ze verbinding kreeg. Karin plakte ondertussen een verband bij mevrouw Quist op de wond. 'Ga jij?' vroeg ze aan Joost.

'Het lijkt mij beter dat ik hier blijf, als zv-er.' Hij keek op naar Mariska die in de deuropening stond. 'Jij kunt wel mee,' zei Joost. 'Goed voor je ervaring, met bewoner mee naar de Eerste Hulp,' verduidelijkte hij.

Agnes legde de telefoon neer. 'De ambulance kan elk moment hier zijn, maak haar maar klaar.' Ze stond op. 'En vergeet niet het ongevallen formulier in te vullen. Verder alles rustig hier?'

Joost knikte. 'Het is wel weer mooi geweest. Vind je

ook niet?'

Agnes keek nog een maal naar mevrouw Quist. 'Geef haar maar wat tegen de pijn als het nodig is,' zei ze en verliet het kantoortje.

Een warme lentezon, die al sinds de ochtend had geschenen, deden de zoon en vrouw van meneer Dubois besluiten de man even mee te nemen voor een wandeling buiten, weg van de limiterende ommuring van het verpleegtehuis. Mevrouw Dubois kwam met de jas van haar man aanlopen toen Mariska voorstelde dat het beter was eerst even de katheter van meneer Dubois te legen. Ze nam de man mee naar een van de toiletruimtes en liet de urine uit het katheterzakje leeglopen in een urinaal waarna ze meneer Dubois terug bracht naar zijn zoon en vrouw.

'Kom Henk, steek je armen 'es in de mouwen,' zei zijn vrouw toen meneer Dubois wat besluiteloos voor zich uit stond te staren. Met zijn vrouw's hulp had hij al snel zijn jas aan en met z'n drieën liepen ze naar de uitgangsdeuren.

'Veel plezier, meneer Dubois,' zei Mariska.

De zoon maakte bij wijze van groet een korte handbeweging. Ze deden de deuren open en liepen de hal in. 'We gaan maar niet met de trap,' zei mevrouw Dubois.

'De lift komt al,' stelde de zoon vast. 'Ga er maar in, pa.'

Gedrieën gingen ze met de lift naar beneden en liepen door de kunstmatig verlichte benedenhal naar de zonverlichte wereld buiten.

'We gaan maar niet te ver,' zei mevrouw Dubois tegen haar zoon. 'Dat is misschien te vermoeiend voor 'm.'

Langzaam voortlopend scheen meneer Dubois te genieten van de zonnige omgeving, arm in arm met zijn vrouw aan de ene kant en zijn zoon aan de andere. Boven hun hoofden vlogen vogels af en aan in het frisgroene bladerdak terwijl tussen het lagere struikgewas bloeiende bloemen hun weg hadden gevonden naar het zonlicht. 'Prachtig weer hè, pa.'

Meneer Dubois knikte.

'Heb je geen last van de zon?' vroeg zijn vrouw.

'Welnee,' zei meneer Dubois.

Ze werden ingehaald door een kind met een klein hondje. Het beestje dribbelde naar een struik en deed zijn behoefte waarna het weer vrolijk achter het kind aanrende.

'Leuk beest hè, pa? Zoiets hadden wij vroeger ook.'

' … Ja,' zei meneer Dubois. 'Hoe is het eigenlijk met 'm?'

'Maar Henk, die is toch allang al dood?' zei mevrouw Dubois. 'Dat weet je toch wel … '

'Kijk pa,' viel haar zoon haar in de rede. 'Zie je die rij huizen daar?' Hij wees naar een rij huizen in zeventiger-jaren nieuwbouwstijl. 'Die heb jij nog helpen bouwen.' De zoon probeerde bij zijn dementerende vader een reactie te ontlokken. Meneer Dubois tuurde in de verte en schudde zijn hoofd.

'Weet je dat niet meer? Pa, je zat altijd in de bouw. Dat weet je toch nog wel?'

'Ja, natuurlijk. Ik heb meer huizen gebouwd dan jij,' zei meneer Dubois. Junior pakte zijn vader's arm iets steviger vast en glimlachte naar hem.

'Het is hier wel erg veranderd,' zei mevrouw Dubois. 'Dat weet 'ie allemaal niet meer.'

Gestaag liepen ze verder het pad langs tussen de huizenrijen door met hier en daar wat groene veldjes, schamele overblijfselen van wat vroeger uitgestrekte weilanden waren met grazend vee, omgeven door rijen bomen. 'Ze zijn hier wel erg aan het bouwen,' merkte mevrouw Dubois op.

' … De mensen moeten toch huizen hebben,' zei meneer Dubois. De zoon grinnikte. 'Je hebt gelijk, pa. Ze moeten een dak boven hun hoofd hebben.'

Zwijgend vervolgde ze hun weg totdat meneer Dubois wat begon te strompelen.

'Volgens mij wordt 'ie moe,' zei mevrouw Dubois. 'Ben je moe, Henk?'

'Laten we maar ergens gaan zitten,' zei de zoon. 'Even ergens uitrusten, pa.'

Meneer Dubois gaf een onduidelijk gehijg als antwoord.

'Hij is het niet meer gewend,' zei mevrouw Dubois. 'Hij komt bijna nooit meer buiten.'

De zoon wees naar een pad dat het park inliep. 'Daar kunnen we beslist wel ergens zitten,' zei hij. Bij een zonovergoten veld in het park viel hun oog op enkele banken. Het veld was drukbevolkt door spelende kinderen terwijl ouders een oogje in het zeil hielden vanaf de zijlijn. Dubois junior begeleidde zijn vader naar een van de banken die nog vrij was.

'Hier kunnen we wel even zitten,' zei hij.

Mevrouw Dubois was niet zo zeker. 'Wel erg zonnig hier,' zei ze. 'Zou het niet te warm voor 'm zijn?'

'Zo scherp is de zon toch niet. Heb je last van de zon, pa?'

'De zon? … Nee. Lekker toch, de zon.'

Ze gingen op de bank zitten nadat mevrouw Dubois die had geïnspecteerd op eventuele vogelpoepjes. 'Die vogels laten ook alles zo maar vallen.'

Met een star gezicht blikte meneer Dubois zwijgzaam voor zich uit. De wandeling die stimulerend had kunnen werken op zijn desintegrerende hersenen leek het doel gemist te hebben.

'Wat schattig, die plantjes daar in die bak.' Mevrouw

Dubois probeerde de situatie op te vrolijken. Ze wees naar een paar bloembakken die iets achteraf tegen de bomen aan stonden.

De zoon knikte. 'Lente is flink op weg,' zei hij.

'Die heb ik erin gezet,' zei meneer Dubois.

Mevrouw Dubois keek haar man van opzij aan. 'Welnee, Henk, dat heb jij niet gedaan.'

'Ik denk dat pa bedoelt dat hij vroeger ook wel eens planten in de bakken zette. Toch, pa?'

'Wat.'

'Vroeger, thuis, was je altijd in de tuin bezig.'

Meneer Dubois knikte. 'Mooie planten in de bloembakken. Ik moet maar weer 'es aan de gang. 't Is goed weer.'

Mevrouw Dubois schudde haar hoofd.

'Onze tuin was altijd prachtig, pa.'

Omgeven door de warmte van de lente en het gelach van de spelende kinderen op de achtergrond, keken ze in gedachten verzonken voor zich uit.

*R*oos was helemaal in haar element, de voorbereidingen voor de thema dag verliepen voorspoedig. Opgewekt gaf ze instructies aan de man van de molenvereniging. 'Ja, komt u maar … Nog een klein stukje … ja … Hier is het goed.'

Een heuse molen was gearriveerd op De Wiek, zij het in een verkleinde uitvoering. Tevreden keek Roos naar het mooie gevaarte dat een lid van de vereniging beschikbaar had gesteld voor de themadag.

'Waar is het stopcontact?' vroeg de man. 'Zonder stroom doet 'ie het niet.'

'Dat is daar,' zei Roos. 'Maar we hebben een verlengsnoer nodig. De technische dienst komt zo.'

'Hij is mooi, hoor,' zei de man trots. 'Alles werkt perfect.'

'Hij ziet er prachtig uit,' zei Roos, vol bewondering. 'En u hebt hem zelf gebouwd?'

'Jaa,' zei de man. 'Het is mijn hobby, hè. Ik heb er thuis nog een paar staan.'

'Nou, ik vind het hartstikke aardig dat we er een konden lenen voor de themadag.'

'Geen probleem,' zei de man tevreden, 'ik ben blij dat ik wat voor de oudjes kan doen.'

Roos keek de man glimlachend aan. 'U hebt waarschijnlijk de molen daar bij de uitgang wel gezien? Dat is toch niet te vergelijken met deze.'

'Och,' zei de man schouderophalend. 'U heeft toch wel begrepen dat er nog water in de bak moet, hè? Anders heeft 'ie niks te pompen.'

'Ja ja. Dat ga ik zo regelen.'

Bart van de technische dienst kwam aanlopen met een katrol en toen duurde het niet lang voordat de molen aangesloten was en begon te draaien.

'O ... O, wat leuk!' riep Roos verrast uit. 'Ik ga meteen een paar emmers water halen.' Snel liep ze weg, lachend nagekeken door Bart en de eigenaar van de molen. Uit de werkkast haalde Roos een emmer.

'O, Tammy. Moet je komen kijken!' riep ze enthousiast toen ze de verpleegkundige in de gang zag.

'Wat is 'r?'

'Kom dan. We hebben net die molen op De Wiek geïnstalleerd. Hartstikke mooi ding.'

Tammy volgde Roos naar De Wiek, waar zelfs enkele bewoners stil waren blijven staan bij de molen. Mevrouw Groen stond hand in hand met meneer Heukelom naar het moois te kijken.

Roos had nog een emmer gevuld en liet het water voorzichtig in de bak lopen waar de molen, als op een terp, middenin stond.

'Niet te vol, hoor,' zei de man. 'Nog één emmer, dan is 't genoeg.'

Roos volgde het advies van de man op en liep nog eenmaal naar de werkkast om een laatste emmer met water te vullen.

'Hij is groter dan ik had gedacht,' zei Tammy bewonderend. 'Ontzettend mooi.'

' ... En hij heeft 'm zelf gemaakt,' zei Roos. Ze kiepte de emmer met water leeg in de bak.

'Echt?' Tammy richtte zich tot de man. 'Van mij mag u hem hier wel laten staan. Voor altijd.'

De man keek haar lachend aan. Tammy bekeek de kleine plantjes en struikjes die om de molen heen stonden; ze leken net echt.

'M'n vrouw en kleindochter maken dat, zijn ze heel handig in,' verduidelijkte de man. Tammy knikte bewonderend.

'Misschien een idee voor onze ab-ers,' stelde Roos voor. Tammy pakte mevrouw Oostenbrink bij haar arm.

'Hoe vindt u het?' vroeg ze aan de vrouw. Mevrouw Oostenbrink keek haar aan. 'Bij mij in de buurt staat ook een molen,' zei ze. Tammy legde een arm om de schouders van de vrouw. 'Het is voor morgen, dan hebben we molendag.'

Mevrouw Oostenbrink kreeg een tevreden uitdrukking op haar gezicht. 'Ja, leuk,' zei ze.

'Wilt u misschien nog een kop koffie voordat u gaat?' vroeg Roos aan de man. Deze was bezig de stekker uit het stopcontact te halen. 'Nee, dank u. 't Is zo weer etenstijd. U weet het, hè, morgenochtend die stekker er gewoon weer in en dan kan 'ie de hele dag blijven draaien.'

Roos knikte bevestigend. Voordat ze met de man meeliep naar de uitgang vroeg ze Tammy of die voor de versiering wilde zorgen. 'Ik ga naar huis,' voegde ze er aan toe. 'Als jullie er niet aan toekomen, moet de avond – of nachtdienst het maar doen.'

Tammy's stem klonk niet al te enthousiast toen ze op gehoorzame toon antwoordde. Ze liet mevrouw Oostenbrink bij de molen staan en liep naar het afdelingskantoortje voor de overdracht.

୫୬

Een man en een vrouw lopen door de gang, ze gaan niet snel. Mevrouw Rode volgt ze, steun zoekend aan de handrail. Iemand haalt haar in. Mevrouw Rode probeert sneller te gaan, maar ze moet opgeven. Ze klampt zich vast aan de handrail. Mensen lopen haar voorbij. Niet ver bij haar vandaan staat een bankje. Ze laat de handrail los en voetje voor voetje loopt ze er naar toe. Hijgend gaat ze even later zitten. Ze draait haar hoofd in de richting van

111

een paar lachende zusters die kleurige dingen ophangen. Er komt een vrouw aan die naast haar op het bankje gaat zitten. 'Ik ben zo moe,' zegt de vrouw. 'Ik ben helemaal rondgelopen maar ik kan nergens naar buiten.'

Mevrouw Rode kijkt naar haar.

'Ik moet naar huis,' zegt de vrouw. 'Ik kan hier toch niet eeuwig blijven?'

'Dan gaat u toch.'

'Dat kan niet, alle deuren zijn op slot … Ik ben zo moe.'

Mevrouw Rode kijkt naar de zusters, ze hebben plezier en hangen nog meer kleurige dingen op.

'Ik weet het niet meer,' zegt de vrouw. 'Een gevàngenis is het hier. We zitten allemaal in een gevangenis.' Ze schudt haar hoofd. Dan staat ze op. Ze loopt naar de zusters toe.

'Kunt u me misschien naar buiten laten? Ik moet nu echt naar huis,' zegt ze tegen de zusters.

'We hebben nu even geen tijd, mevrouw Oostenbrink,' zeggen ze. 'Ga toch gezellig bij de andere bewoners zitten.'

'Ik moet naar huis,' zegt de vrouw.

'U mag ons wel even helpen,' zegt een zuster.

'Nee. Dat wil ik niet,' zegt de vrouw. Ze loopt weg. Mevrouw Rode wil opstaan maar het lukt niet. Ze kijkt naar de zusters.

'Ze had haar neef op bezoek,' zegt een zuster.

'Vandaar dat ze zo onrustig is.'

Ze probeert weer op te staan.

'Geef die foto 'es aan? Nee, die andere.'

De zuster hangt een foto aan de muur.

'Ja, da's mooi. Meer hoeft niet anders wordt het zo'n poppenkast.'

Er komt nog een zuster aan. De vrouw probeert weer

op te staan.

Ditmaal lukt het wel, de zuster ziet haar.

'Ho! Mevrouw Rode ... Waar is d'r rollator nou weer.'

De zuster komt naar haar toe en pakt haar bij de arm.

'Niet los lopen, dat weet je toch? Ik zal je naar de wc brengen want je stinkt.'

De zuster neemt haar mee. Als ze bij een wc zijn trekt de zuster de rok van mevrouw Rode omhoog.

'Gatverdamme,' zegt de zuster. ''t Zit overal. Je moet ook eerder naar de wc gaan.'

Mevrouw Rode kijkt verbaasd naar de zuster die bij haar de broek van de billen trekt. 'Ga maar zitten,' zegt de zuster als ze haar op de wc-pot duwt, 'dan ga ik schone spullen halen.'

Opeens is de zuster weg.

Mevrouw Rode probeert op te staan, maar het lukt niet. Als ze een beugel ziet, pakt ze die vast en trekt zich er aan op maar ze wankelt en ze laat zich weer op de wc-pot vallen. Ze schrikt als er plotseling weer een zuster verschijnt. 'Alles moet uit,' zegt de zuster en begint de schoenen uit te trekken. 'Je krijgt meteen je pyjama aan anders hebben we dubbel werk.' Ze trekt alle kleren uit.

'Ga maar staan,' zegt de zuster, 'aan de beugel vasthouden.'

De zuster wast bij haar de billen schoon en doet dan een grote luier bij haar aan.

' ... Waar is dat voor,' zegt mevrouw Rode.

'Uit voorzorg. Voor als je weer vies wordt.'

' ... Vies?'

De zuster trekt een schone broek en een nachthemd bij haar aan.

'Je duster aan en dan kan je naar de huiskamer. We gaan zo eten.'

Ze pakt het gevaarte op wieltjes die de zuster haar voorhoudt en beweegt zich langzaam de gang in.

∞

Met een glas sap in de hand zat Willie op het kantoortje, ze was verdiept in de laatste notulen toen er een man verscheen. 'Sorry dat ik stoor,' zei hij, 'maar er ligt daar een vrouw midden in de gang.'

'O,' zei Willie en maakte aanstalten om op te staan. 'Waar?'

'Om de hoek. Daar bij De Wiek.'

Willie liep met de man mee tot ze bij de gevallen bewoner aangekomen waren.

'Dat moest er ook een keer van komen. Die gaat elke keer zonder haar looprek,' maakte Willie de man duidelijk, 'en dan krijg je dat.' Willie boog zich over de bewoner heen. 'Zo, mevrouw Eizinga, dat komt ervan, hè. Nou ligt u op de grond.'

Mevrouw Eizinga keek verwilderd omhoog. Haar handen zochten houvast maar vonden dat niet aan de gladde vloer. Angst straalde uit haar ogen terwijl ze zich uit haar benarde positie probeerde te bevrijden.

De hulp die de man aanbood wimpelde Willie af, 'we redden het wel, dank u,' en ze richtte zich weer tot de ongelukkige bewoonster. 'Zo gaat dat niet, mevrouw Eizinga. Ik moet even mijn collega erbij halen,' zei Willie en keek op toen Mariska zojuist de hoek om kwam.

'Jezus. Is ze gevallen?' Met een bezorgde uitdrukking op haar gezicht hurkte Mariska naast de gevallen bewoner neer. 'Heb je ergens pijn, vrouw?' vroeg ze. Mevrouw Eizinga keek haar met bange ogen aan.

'Doet het ergens zeer, mevrouw Eizinga?' probeerde Mariska nog eenmaal.

114

' ... Ik kan niet overeind,' zei de vrouw met benepen stem.

'We kunnen haar maar beter in een rolstoel hijsen,' stelde Willie vast.

'Ik denk, dat we maar beter eerst het avondhoofd erbij moeten halen,' zei Mariska beslist. Willie zag niet in waarom. 'Ze geeft toch geen pijn aan? En zo ligt ze ook niet gemakkelijk.' Ze trok aan de arm van de vrouw en probeerde haar in een zittende positie te krijgen.

'Een beetje hulp zou wel leuk zijn.' Ze keek Mariska verwijtend aan, niet merkend dat de mevrouw Eizinga een pijnlijk gezicht trok.

Mariska stond op. 'Ik bel het avondhoofd.'

'Dat kan toch zo ook wel?' zei Willie over haar schouder. 'Ze blokkeert hier de boel. Moeten er soms nog meer bewoners vallen?'

'En als ze iets gebroken heeft?' vroeg Mariska en liep weg naar het afdelingskantoortje. Willie keek haar na en richtte toen haar aandacht op mevrouw Eizinga. Ze probeerde vast te stellen of de vrouw ergens pijn kon hebben maar die bleef slechts angstig omhoog kijken, haar vingers graaiend in het linoleum. Willie stond op en opende de deur naar een van de slaapzaaltjes, waar ze al snel weer naar buiten kwam, een rolstoel voortduwend. Deze zette ze op de rem vlak naast de vrouw toen Mariska er weer aankwam, met een kussen in haar hand.

'Hij komt eraan,' zei ze. Voorzichtig gleed ze haar hand onder het hoofd van de oude vrouw en deed het kussen eronder. ''t Komt goed, hoor, mevrouw Eizinga. Heeft u ergens pijn?'

De vrouw reageerde niet op haar vraag. Ze leek er wel geriefelijk bij te liggen.

'Wacht jij op het avondhoofd?' wilde Willie van Mariska weten.

'Ja, okay,' antwoordde Mariska .

'Goed, dan ga ik pauze houden. Roep me als je hulp nodig hebt.'

Mariska had bijna tien minuten bij de vrouw gezeten toen Frank de hoek om kwam lopen. Hij inspecteerde mevrouw Eizinga haar benen en heupen.

'Ik zal een ambulance regelen,' zei hij toen. 'Het ziet er naar uit of het gebroken is.'

'Kunnen we d'r op bed leggen?' vroeg Mariska.

Frank schudde zijn hoofd. 'Nee, dat is goed zo. Ze ligt comfortabel,' en terwijl hij wegliep, 'wacht maar tot de ambu-lui komen.'

*D*e afdelingen Korenmolen en Zaagmolen ademden een vrolijke sfeer uit met muren voorzien van kleurige slingers en abstracte tekeningen van bewoners aan de wanden. Op sommige waren zelfs gelijkende landschappen te zien met als middelpunt De Molen; het was duidelijk welke kunstwerken door de ab-er waren gemaakt. Foto's die aan de muren op de afdelingen bevestigd waren, gaven een betere indruk dat de molen centraal stond op deze dag. Aan de plafonds bevestigde plastic vlaggetjes en papieren slingers moesten tevens bijdragen tot het feestelijke aspect. Enkele vroeg gearriveerde familieleden hielpen Roos het meubilair bij De Wiek strategischer neer te zetten. Het mooie middelpunt was de molen die met het mechanisme van de draaiende wieken water van het ene vaartje in het andere verplaatste.

Met een contente uitdrukking op haar gezicht liep Roos langs de keurig gedekte tafels en stak her en der nog een gekleurd servet in de melkglazen. Tammy en Lani kwamen met enkele frisgewassen bewoners De Wiek oplopen. 'Zet ze maar een beetje achteraan, daar bij het raam,' zei Roos. 'Dan kunnen de andere bewoners zo aanschuiven.'

'Mogen we opa gaan halen?' vroeg de kleinzoon van meneer Dijkstra.

'Dat weet ik niet,' antwoordde zijn moeder. 'Is mijn vader al klaar?'

'Bijna,' zei Tammy. 'Mariska is nog met 'm bezig.'

Tilly van de Korenmolen had mevrouw Pronk en meneer Geel bij de arm. Ze vroeg zich af of er wel plaats genoeg was voor alle bewoners.

'Per afdeling kan ongeveer de helft hier zitten,' antwoordde Roos. 'Jullie moeten zelf maar zien welke bewoners jullie hier willen hebben.'

'De helft!?' betoogde Lani. 'Het is toch voor *alle* bewoners?' Ze parkeerde de rolstoel met mevrouw van de Veer achter een van de tafels.

'Dat lijkt me het beste, anders wordt het zo'n gesleep met tafels,' verduidelijkte Roos. 'Jullie kunnen de rest toch in een van de huiskamers bij elkaar zetten?'

Lani keek Tilly aan. 'Ook niet eerlijk.'

'Meer bewoners hier neerzetten gaat niet want anders is er geen plaats meer voor de familieleden,' zei Roos.

'Je zegt 't maar Roos.'

De kleinzoon van meneer Dijkstra liep met Tammy en Lani mee naar de Zaagmolen. 'Hoe heet jij?' vroeg Lani.

'Patrick,' zei de blonde knul.

'Moest je niet naar school vandaag, Patrick?'

'Nee, want onze leraren hebben een vergadering en nou kunnen we niet naar school.'

'Dus jullie hebben fijn een vrije dag? Ook geen huiswerk?' informeerde Tammy.

De jongen hield zijn hoofd schuin omhoog. 'Nee. Maar weet u, ik ga een opstel schrijven over vandaag.'

'Dat is een goed idee van jou,' zei Lani.

'Ik kijk wel even of je opa al klaar is,' zei Tammy en ging een van de mannenkamers binnen. Niet veel later kwam ze weer naar buiten met meneer Dijkstra. 'Hier is 'ie, hoor. Weer helemaal schoon en netjes in de kleren,' zei ze tegen Patrick.

De jongen pakte de hand van zijn opa beet.

'Kom maar opa, mama is er ook. Het wordt heel leuk vandaag.'

Meneer Dijkstra keek naar de jongen die hem mee probeerde te trekken. 'Kom maar, ik weet wel waar we moeten zijn,' zei Patrick. Meneer Dijkstra leek het wel amusant te vinden en liet zich meevoeren door de vrolijke knaap. Er rekening mee houdend dat zijn opa niet meer zo vlot liep, leidde Patrick hem naar De Wiek waar zijn moeder bezig was de theepotten op de tafels te zetten.

'Kom maar, opa. Jij mag hier zitten, we gaan ontbijt eten.'

Meneer Dijkstra keek naar de jongen en pakte de stoel beet die voor hem opzij was geschoven.

'Ga maar zitten, pa,' zei zijn dochter. Patrick hield nauwlettend in het oog of zijn opa niet *naast* de stoel ging zitten.

'Mogen we al eten, mam?' vroeg hij.

'Nog even wachten,' antwoordde Roos, 'er komen nog een paar mensen.'

Patrick keek haar een beetje schuchter aan. 'Opa heeft al honger, hoor,' zei hij.

'We gaan zo eten, Patrick,' zei zijn moeder. 'Even op de anderen wachten.'

Er schoven nog enkele bewoners met familieleden aan en na enige tijd nam Roos het woord.

'Ik heet u allen van harte welkom,' zei ze met een brede lach op haar gezicht. 'Voor de bewoners is het erg gezellig dat u hier vandaag gekomen bent om samen met familie van het ontbijt te genieten. Later kunt u, als u dat wilt, over de afdeling wandelen en de tentoonstelling bekijken. Sommigen van u zullen zich misschien afvragen wat de geschiedenis van Molenhoek is en waar het zijn naam aan te danken heeft. Daarover kunt u meer te weten komen als u de tentoonstelling bekijkt.'

Er klonk een goedkeurend gemompel.

'Nou, dan wens ik u nu een smakelijk ontbijt en voor de rest van de dag veel plezier.'

Enkele bezoekers lieten een aarzelend applaus horen waarna er werd toegetast in de mandjes met verse broodjes. Het duurde niet lang voordat de mandjes leeg waren. Sommige bewoners hadden moeite met de bolletjes. Mevrouw Jung drukte het broodje, dat ze op haar bord had plat en at het uit het vuistje op. Haar kleindochter deed wat suiker in hun thee.

'Laat mij het maar doen,' zei mevrouw Dubois tegen haar man die niet echt wist wat met een bolletje aan te vangen. Ze sneed zijn broodje met kaas in kleine dobbelsteentjes en gaf haar man een stukje in zijn mond.

'Lekker hè, Henk, zo'n vers bolletje.'

Mevrouw Hinloopen genoot zichtbaar van de gezelligheid om haar heen. Haar dochter zat wat onwennig naast haar, ze at met voorzichtige hapjes. Voordat ze de thee voor haar en haar moeder inschonk, controleerde ze eerst de kopjes.

'Was het maar elke dag zo, mam,' zei ze tegen haar moeder. 'Net als vroeger, met z'n allen ontbijten.' Mevrouw Hinloopen keek naar het broodje dat ze in haar hand hield. 'We eten toch elke dag met z'n allen,' zei ze en nam een hap.

'Nee, ik bedoel, wij met z'n allen. Jij bij ons thuis.'

'Wat zeur je nou,' zei mevrouw Hinloopen terwijl ze haar mond leeg kauwde, 'we eten toch altijd met z'n allen.'

'U moet maar weer eens bij ons komen voor een dagje,' stelde haar dochter een ogenblik later voor. 'Ik zal aan de zuster vragen of het kan.'

'Dat hoeft je toch niet te vragen,' zei mevrouw Hinloopen. 'Ik ben eigen baas, hoor.'

'Zo gemakkelijk gaat dat niet, mam. U bent al een tijdje niet meer de oude en daarom moeten we eerst vragen of u met ons mee kan.'

Mevrouw Hinloopen keek haar dochter verbaasd aan. 'Ik mankeer niks, hoor. Ik ben toch niet ziek?'

'Nee, u bent ook niet echt ziek, u was alleen wat in de

war.'

Mevrouw Hinloopen schudde misprijzend haar hoofd. 'Zeur toch niet zo. Ik ben niet achterlijk.' Ze pakte haar thee en begon te drinken.

Mevrouw Dubois die tegenover ze zat, keek de dochter van mevrouw Hinloopen meewarig aan.

'Hopeloos hè, als ze 't niet meer weten,' zei ze bemoedigend. 'Maar u bent niet de enige met dat probleem moet u maar denken. Mijn man is precies zo.'

De dochter van mevrouw Hinloopen knikte haar vriendelijk toe.

'Je moet 't maar nemen hoe het komt,' ging mevrouw Dubois verder, 'maar 't is niet altijd makkelijk. Kom Henk, neem nog een happie.' Ze stopte haar man nog een stukje brood in zijn mond.

'Uw man kan zelf eten, hoor,' zei Tammy, die nog een plaatsje vond voor mevrouw Mulder.

Mevrouw Dubois keek haar aan. 'Ja, dat weet ik,' zei ze, verwijtend, 'maar hij doet zelf niks en hij moet toch eten.'

'Misschien heeft hij nog niet veel trek,' merkte Tammy op en liep weer terug de afdeling op. Mevrouw Dubois boog zich over naar de dochter van mevrouw Hinloopen. 'Die zusters denken ook dat ze alles weten,' fluisterde ze. 'Ik ken mijn man langer dan vandaag, ik weet toch zeker wel wat goed voor 'm is.'

De vrouw keek mevrouw Dubois vluchtig aan en nam nog een bescheiden hapje van haar broodje.

Roos zat aan het hoofd van de tafel maar stond op om mevrouw Mulder behulpzaam te zijn. 'Zeg maar wat u op uw broodje wilt,' sprak ze.

Mevrouw Mulder keek langs de gedekte tafel.

'Wat wilt u, mevrouw Mulder?'

'Eten,' was het antwoord.

'Ja, dat snap ik. Wat wilt u op uw brood?'

Aarzelend pakte mevrouw Mulder een potje jam.

'Wilt u dat? Goed, doen we dat op uw brood.' Roos besmeerde een broodje met boter en deed er de jam op.

'Alstublieft hoor, ga maar lekker eten.' Ze schoof het bordje met brood bij mevrouw Mulder voor haar neus.

Meneer Dijkstra keek vervreemd om zich heen.

'Wat doen al die mensen hier?' vroeg hij met zijn afgeleefde stem.

'Die wonen hier, pa, net als jij,' zei zijn dochter. 'En ze eten allemaal hun ontbijt hier vandaag. Dat is toch leuk?'

Het bevattingsvermogen van Meneer Dijkstra liet hem in de steek, met nietszeggende blik keek hij voor zich heen.

'Neem nog maar wat te eten,' zei zijn dochter, 'er is nog genoeg.' Ze pakte een bolletje uit een mandje, sneed het open en legde het op zijn bord. 'Zo, dan kan je de rest zelf doen,' zei ze.

Patrick liet zich de bolletjes met zoetigheid goed smaken, hij was al aan zijn derde. 'Wil je ook hagelslag, opa?' vroeg hij. Zonder het antwoord af te wachten smeerde hij wat boter op het broodje van zijn opa en strooide er hagelslag op.

In de eerste huiskamer hing een geur van oudbakken koffie. Het personeel van de Zaagmolen zat met enkele van de bewoners aan de tafels met de restanten van het ontbijt. Mevrouw LeBlanc zat voldaan achterover, rond haar mond waren nog de sporen te zien van een overvloedig maal. Mevrouw Quist zat voor zich uit te staren, zij had bijna niets gegeten. De huid rond de pleister boven haar rechteroog was blauwgelig verkleurd.

'Eigenlijk zo slecht nog niet vandaag,' stelde Tammy

vast. 'Van mij mogen de familieleden elke dag komen. Wat zegt u, mevrouw Oostenbrink?' Ze pakte de hand van de vrouw die naast haar zat. Mevrouw Oostenbrink probeerde een glimlach te laten zien maar haar verdrietige ogen vertelden een ander verhaal.

'Als het weer een beetje opklaart kunnen we misschien gaan wandelen met een paar bewoners,' stelde Lani voor. 'We hebben nu tijd genoeg.'

Mariska knikte instemmend, ze besmeerde een broodje en deed er kaas op. Lani probeerde mevrouw Quist nog iets te laten eten.

'Er kunnen er maar twee tegelijk gaan,' zei Tammy. 'De rest moet achterblijven.'

Met een trage beweging stond mevrouw Oostenbrink op en bewoog zich de huiskamer uit. 'We zouden *haar* mee kunnen nemen,' stelde Lani voor en knikte richting de vrouw die net de gang op was gegaan. 'Dat zal haar opvrolijken.'

Tammy schudde haar hoofd. 'Laat haar maar, anders wil ze straks niet meer mee terug.'

'Ze is wel depri de laatste dagen,' merkte Mariska op, 'ze hadden nooit die Anafranil moeten stoppen.'

'Orders van haar neef,' verduidelijkte Tammy, 'wilde niet dat ze "volgestopt wordt met medicijnen".'

Mariska trok haar wenkbrauwen op en nam een slok van de koffie, zich meteen realiserend dat het eigenlijk niet meer te drinken was.

'Ik denk dat we mevrouw Quist maar mee naar buiten moeten nemen, dat zal haar goed doen,' zei Lani. Tammy knikte en sloeg een blik op de klok. 'Er kunnen nu wel alvast een paar bewoners, *voor* het middageten.'

Mariska was het met haar eens. 'Hoe meer we er kunnen laten luchten, hoe beter.'

Willie kwam de huiskamer binnen. 'Zitten jullie

lekker?' zei ze beschuldigend. 'En mij maar laten ploeteren.'

'Je was toch klaar?' wierp Mariska tegen.

'Ja, maar toen kreeg ik mevrouw van de Veer. Ze was helemaal doornat en die familie vroeg of ik 'r kon verschonen.'

'Als je hulp had willen hebben, had je maar moeten roepen,' zei Tammy. 'We hebben net overlegd om met enkele bewoners naar buiten te gaan.'

'Jullie doen maar,' zei Willie en nam een laatste broodje uit een mandje, 'ik ga eerst wat pauze houden.' Ze pakte een beker en schonk zichzelf thee in waarna ze naar het kantoortje liep.

De anderen maakten zich op om door te gaan met werken. Lani haalde een rolstoel en de jas voor mevrouw Quist. Mariska maakte mevrouw Idema klaar voor de wandeling. Tammy boog zich in het voorbijgaan naar mevrouw Quist. 'U gaat fijn naar buiten. Wat vindt u daarvan?'

Het gezicht van mevrouw Quist klaarde op. 'Mag ik naar buiten? … Maar, ik heb geen jas.'

'Ja hoor. Kijk, daar is Lani al met uw jas.'

'O, wat heerlijk. Gaat u ook mee?'

'Nee,' zei Tammy, 'Lani gaat met u mee, en Mariska.'

Mevrouw Quist keek om zich heen. Lani hield haar de jas voor. 'Steek uw armen maar in de mouwen.' Terwijl Tammy hielp de vrouw staande te houden, trok Lani haar de jas aan. 'Ik wist niet dat ik een jas had,' zei mevrouw Quist.

Mariska liep op haar gemak met mevrouw Idema naar de uitgangsdeuren, ondertussen de vrouw wijzend op de foto's van molens waarmee de wanden opgesmukt waren. Lani kwam haar met mevrouw Quist in de rolstoel achterop. Manoeuvrerend langs bewoners en bezoekers liep Tammy naar het kantoortje waar ze bijna tegen Coby opbotste.

'Hallo, Co. Hoe gaat het op De Wiek?'

'Okay, alles is opgeruimd. Roos redt 't nou wel.'

Tammy opende de medicijnkast en begon de medicijnen te controleren terwijl Coby een map uit haar tas pakte en enkele statussen van bewoners bij elkaar zocht.

'Nou je toch bezig bent,' zei Coby. 'kan je misschien wat bijsluiters voor mij bewaren? Om m'n verslag mee te illustreren.'

'Waar gaat het dan over?' wilde Tammy weten.

'Drie keer raden.' Maar toen er alleen een schouderophalende reactie van Tammy kwam, verduidelijkte Coby dat haar verslag over de werking en bijwerking van medicijnen zou gaan.

'Interessant, maar had je dat al niet moeten weten?'

'Ik weet het grotendeels ook wel,' verklaarde Coby en sloeg een blik op Tammy die een doosje medicijnen opende van mevrouw Idema.

'Die vrouw krijgt ook elke keer wat anders,' zei Tammy.

'Wat is 't?'

'Augmentin.'

'Nog steeds voor die infectie? Daar loopt ze nou toch al een hele tijd mee,' zei Coby. 'Ze kunnen haar beter een haargroeimiddel geven.'

'Tégen die infectie, en ik denk niet dat een haargroeimiddel daar goed voor is.'

Coby glimlachte vaag en wilde iets zeggen toen een van de dochters van mevrouw Vermeulen op de open deur van het kantoortje klopte. Tammy drukte enkele medicijnen uit een strip en keek op van haar werk.

'Zou u mij kunnen zeggen of mijn moeder nog iets

gegeten heeft?’ vroeg de vrouw. ‘Ik heb net geprobeerd haar wat fruit te geven maar ze doet haar mond niet eens open.’

‘Uw moeder heeft abstinerend beleid,’ zei Tammy. ‘Er is besloten haar niets meer op te dringen.’

‘Wat bedoelt u daarmee? U wilt mij toch niet zeggen dat jullie mijn moeder aan het uithongeren zijn?’

De pen van Coby stokte en ze draaide verwonderd haar hoofd in de richting van de vrouw.

‘Maar, mevrouw … uh … ’ begon Tammy. ‘Het is overlegd met de familie. Was u daar niet bij?’

De vrouw bewoog zich wat nerveus heen en weer.

‘ … Tja, zo gemakkelijk ligt dat niet. Waarom wordt maar de helft van de familie over zulke zaken ingelicht?’

‘Ja, mevrouw … ’

‘Bates.’

‘Mevrouw Beets, elke bewoner heeft een contactpersoon en daarmee is overleg gepleegd,’ verklaarde Tammy. ‘Wat de familie onderling doet dat zijn onze zaken niet.’

Coby boog zich weer over haar schrijfwerk. De vrouw schudde haar hoofd. ‘Wat moet ik eigenlijk verstaan onder dat beleid van jullie?’

‘Dat uw moeder alleen eten en drinken krijgt als ze iets wil. En dat de medicijnen stopgezet zijn,’ zei Tammy. ‘Ze krijgt alleen nog pijnstillers als dat nodig is.’

‘Dus ze ligt gewoon dood te gaan?’

‘Nou mevrouw Beets, zo cru hoeft u dat niet op te vatten. Uw moeder is al in de negentig, ze is gewoon op.’

‘De brutaliteit!’ viel de vrouw uit. ‘Als jullie haar niets te eten geven, is het geen wonder dat ze daar maar een beetje ligt te sterven!’ Ze had een kwade uitdrukking op haar gezicht gekregen. ‘Hier is het laatste woord nog niet over gesproken,’ siste ze met opgeheven vinger. ‘Hier horen jullie nog van.' Ze draaide zich met een ruk om en beende richting de slaapzaal van haar moeder.

'Nou zeg ... ' was Tammy's verbouwereerde reactie.

'Ik wist niet dat de verloren dochter zo stevig van leer kon trekken,' grinnikte Coby.

'Ga er alsjeblieft niet om zitten te lachen, Coby. Dat kan nog gedonder geven.'

'Ach, maak je niet druk. We hebben toch niks verkeerds gedaan.'

Zwijgend ging Tammy verder met de medicijnen. Coby klapte haar map dicht en ruimde de statussen op. 'Ik ga alvast beginnen, heb geen zin me straks rot te moeten rennen.'

Toen de telefoon op het bureau begon te rinkelen nam Coby de hoorn in het voorbijgaan op. ' ... O ... Ja, bedankt,' reageerde ze en richtte zich tot Tammy. 'Ze komen mevrouw Eizinga terugbrengen vanmiddag.'

₧

De wieken van de molen draaien gestaag. Gearmd staan mevrouw Groen en meneer Heukelom ernaar te kijken. Mevrouw LeBlanc staat naast ze in haar rolstoel, zij roert met haar vinger in het water. Meneer Heukelom pakt haar bij haar hand en gebaart haar dat niet te doen.

'Waar bemoei je je mee!' roept de vrouw luid. 'Laat me los.'

'Mevrouw LeBlanc,' zegt een zuster. 'Niet zo lelijk.'

'Hij moet er niet mee bemoeien!' zegt mevrouw LeBlanc met luide stem.

'Kom, mevrouw LeBlanc. U kunt beter niet in het water roeren. Dat wordt zo'n natte boel.' De zuster pakt de rolstoel en rijdt de vrouw een stukje verder.

'Hé wat doe je! Ik wil bij dat molentje staan!'

127

'Dan moet u het wel met rust laten, anders zet ik u ergens anders neer,' zegt de zuster. Ze rijdt de vrouw weer op haar plaats bij het molentje. 'Handen binnen boord houden, hoor.'

Mevrouw Hinloopen had het tafereel van een afstandje gade geslagen. 'Wat een onbeschoft mens,' zegt ze tegen haar dochter die naast haar aan tafel zit. Deze neemt voorzichtig een slokje van haar thee. 'Ik moet zo gaan, mam. Ik zit hier al de hele dag.'

'Wat bedoel je? Waar ga je dan naar toe?'

'Naar huis. Eric komt straks ook weer thuis.'

Mevrouw Hinloopen kijkt haar aan. 'Dan ga ik met je mee,' zegt ze.

'Nee, dat kan niet. U moet hier blijven, u woont hier.'

Mevrouw Hinloopen schudt haar hoofd. 'Maar dit is toch niet mijn huis?'

'Nee, maar u woont nu hier. Sinds u een beetje in de war bent geraakt.'

'Wat zeur je nou? Ik ben niet gek!'

De dochter pakt de hand van haar moeder. 'Mam, voordat ik wegga, zal ik de zuster vragen of u weer een keertje met ons mee kan.'

'Ik kan nou toch met je mee,' zegt ze met lichte paniek in haar stem. 'Anders moet je twee keer rijden.'

De dochter geeft haar een zoen op de wang. 'Ik moet nu echt gaan. Ik kom u later wel halen.'

Mevrouw Hinloopen staat op als haar dochter wegloopt. Ze kijkt haar na maar ze verdwijnt tussen mensen die in de gang lopen.

'Wacht!' zegt ze. 'Ik ga met je mee.'

Ze loopt in de richting waarin haar dochter verdwenen is. Ze beweegt zich snel voort, tussen mensen door die van alles aan het bekijken zijn. Af en toe botst ze tegen iemand op.

'Wat een haast, mevrouw Hinloopen,' zegt een zuster. 'Moet u de trein nog halen?'

Mevrouw Hinloopen kijkt naar haar. 'Ik ga naar huis,' zegt ze. 'Kan ik er zo uit?' Ze wijst naar een deur.

'Nee,' zegt de zuster. 'Dat is een slaapkamer. U moet die kant op.'

Mevrouw Hinloopen vervolgt haar weg, verder de gang in. Bij een molentje stopt ze en neemt plaats op een bankje.

'Kan je er zo uit?' vraagt ze aan een vrouw die naast haar zit.

'Dat weet ik niet. Waar wil je dan heen?'

'Ik moet naar huis.'

'Dan moet je gaan.'

'Ja, maar … ' Mevrouw Hinloopen doorzoekt haar tas. 'Zie je wel,' zegt ze, 'ze hebben m'n sleutels ook al gestolen.'

'Jouw sleutels ook? Mijn sleutels hebben ze ook gestolen. Ik kan nooit meer naar huis.'

Mevrouw Hinloopen slaakt een zucht. 'Hoe moeten we er nu uit?'

De vrouw wijst naar de deuren. 'Kijk, ze gaan open.'

Mevrouw Hinloopen staat op. 'Ga je ook mee?'

'Nee, vandaag niet.' De vrouw wijst weer naar de deuren. 'Opschieten, ze gaan alweer dicht.'

Te laat komt mevrouw Hinloopen bij de deuren aan. Teleurgesteld loopt ze terug naar het bankje. 'Ik moet eerst uitrusten,' zegt ze. 'Ik heb al zo ver gelopen.' De twee vrouwen zitten zwijgend voor zich uit te kijken. Mensen gaan aan hen voorbij.

'Er is zeker wat te doen,' zegt de vrouw.

'Misschien,' zegt mevrouw Hinloopen. 'Ik heb niks gezien.'

Als de deuren weer open gaan, staat mevrouw

Hinloopen weer op.

'Ga je?' vraagt de vrouw.

'Ja. Ik kan hier toch niet eeuwig blijven.'

Er komen enkele mensen door de deur terwijl van een andere kant ook een groepje mensen komt. Iemand steekt een sleutel in het slot en de deuren schuiven open. Mevrouw Hinloopen gaat bij de mensen staan. 'Mag ik even voorbij, alstublieft?' vraagt ze.

'O, sorry,' verontschuldigt iemand zich. 'We blokkeren hier de boel.'

Mevrouw Hinloopen stapt door de open deuren het halletje in. Ze kijkt om zich heen en loopt dan naar een trap. Nadat ze een voorzichtige stap op de bovenste tree heeft gezet, pakt ze de trapleuning vast en voetje voor voetje begeeft ze zich naar beneden. Geroezemoes komt haar tegemoet, ze zoekt haar weg tussen de groepjes mensen door. Een enkele maal knikt ze vriendelijk naar een paar vrouwen.

'Wat een drukte,' mompelt ze als ze door de hoofdingang naar buiten loopt. Ze volgt een pad dat naar een stoep leidt. Kort staat ze stil. 'Welke kant moet ik nu op?' vraagt ze zichzelf af. ''t Is hier zo veranderd.'

Ze volgt de straat en loopt die uit, de hoek om. Met haar ene hand houdt ze haar vest dicht tegen de frisse wind, de andere hand omvat de handtas. Licht gebogen tegen de bries gaat ze verder. 'Daar is het park al,' prevelt ze. Ze steekt de straat over als een getoeter haar op doet schrikken. 'Ja, ja,' zegt ze. 'Niet zo'n haast.'

Zo snel als ze kan gaan, loopt ze een park in en volgt een pad dat tussen de struiken doorloopt. Bij een veldje staat ze stil en glimlacht vriendelijk naar een paar spelende kinderen.

'Mam. Die vrouw is zonder jas,' zegt er een.

Mevrouw Hinloopen gaat verder, tussen de hoge

bomen en het struikgewas door. Bij een open gedeelte tussen het riet zitten een paar eenden aan de walkant. Ongemakkelijk lopend over het gras dat ontsierd is door molshopen gaat ze op de eenden af.

'Dag eendjes.' Ze probeert haar tas open te maken terwijl ze op de dieren afloopt. 'Ik heb wat lekkers voor jullie,' zegt ze.

De eenden schudden hun vleugels uit en plonsen een voor een het water in.

'Kom maar, ik heb lekkere korstjes,' zegt ze. Ze voelt met haar hand in haar tas. 'Wat raar,' mompelt ze. 'Ik had 't er toch ingedaan?'

In haar tas kijkend, beweegt ze zich dichter naar de walkant. Ze begint te strompelen en probeert haar evenwicht te bewaren. Opeens valt ze voorover, haar handen graaien in het niets. Als ze het water raakt, slaat haar hoofd tegen een steen die amper boven het oppervlak uitsteekt.

'Aum,' klinkt een nauwelijks hoorbare, door het water verstomde, uitroep. Een rode vlek vormt zich op het wateroppervlak terwijl de vrouw langzaam wegglijdt naar de modderige massa eronder.

ৰ৹

Mevrouw Mulder plukte aan een slinger die half los van het plafond hing. De sliert bungelde midden in de gang.

'Zullen we 'm er maar afhalen, mevrouw Mulder?' stelde Tammy voor. 'Straks valt er nog iemand over. Toe maar, geef er maar een flinke ruk aan.'

Mevrouw Mulder keek Tammy aan.

'Zal ik het dan maar doen?'

Tammy gaf een ruk aan de slinger die toen los liet. 'Zo, die kan bij het oud papier,' zei ze. Ze nam de vrouw

131

bij haar arm en liep langzaam richting kantoor met haar.

'Vond u het leuk vandaag?' vroeg ze aan de oude vrouw.

'Wat.'

'Hoe vond u het vandaag? Met al die mooie versieringen en de molen.'

Mevrouw Mulder sloeg een blik op de frutsels langs de muur. 'Die versiering is wel mooi.'

'Ga nog maar even een stukje lopen,' zei Tammy. 'Straks krijgen jullie weer brood.'

Tammy ging het kantoortje binnen en pakte een stapeltje rapporten die ze op het bureau legde. Een voor een voor sloeg ze ze open en waar nodig maakte ze een notitie.

'Wat was dat met die dochter van mevrouw Vermeulen?' klonk de stem van Roos die het kantoortje binnenstapte. Ze schoof een stoel bij om te gaan zitten. 'Ze was witheet. Ik werd meteen op het matje geroepen.'

Tammy keek op van haar schrijfwerk. 'Ik heb alleen uitgelegd welk beleid er afgesproken was met de familie en toen begon ze meteen te krijsen dat we haar moeder aan het uithongeren waren.'

'Jeetje,' verzuchtte Roos. 'Misschien had je het wat tactischer aan moeten pakken. Je weet hoe sommige mensen kunnen reageren.'

Tammy haalde haar schouders op. 'Wij kunnen er toch ook niets aan doen als zo'n familie niet communiceert onderling.'

'Nee, da's waar. Maar nu eist die dochter dat moeder sondevoeding krijgt.'

Tammy keek Roos bevreemd aan. 'Moeten we dat arme mens nu ook nog gaan martelen met een slang door haar neus! Wat verwacht die dochter überhaupt? Dat moeder de tweehonderd nog wel haalt?'

Een zuur glimlachje gleed over Roos haar gezicht.

'Ik neem contact op met de familie en dan moet er nog maar 'es goed over gesproken worden, *met* de arts erbij.' Ze rekte zich eens flink uit. 'Als jullie tijd hebben vanavond, of vannacht, dan kan de versiering wel opgeruimd.'

'Och,' reageerde Tammy. 'Staat wel gezellig die slingers, mooi kleurig. Laat nog maar een tijdje hangen.'

Roos knikte tevreden. ''t Was wel een geslaagde dag.'

'Ik denk dat de meeste bewoners wel hebben genoten,' bevestigde Tammy. 'Het deed vandaag erg familiair aan op de afdeling.'

Mariska kwam met haar jas aan het kantoortje binnen en nam meteen een paar slokken water uit de kraan. 'Zo,' zei ze en veegde haar mond af met de rug van haar hand. 'Al met al zijn toch aardig wat mensen naar buiten geweest. Wat zullen ze lekker slapen vannacht na zo'n overdosis frisse lucht.' Ze ging zitten en vroeg zich af of er overgedragen kon worden. 'Dan kunnen we naar huis.'

Roos stond op. 'Ik roep de avonddiensten wel. Mildred is er al en Joost heb ik ook zien binnen komen.' In de deuropening stopte ze nog even. 'Prettige avond en bedankt voor de samenwerking vandaag.'

'Niets te danken.'

'Doeoeg.'

Al snel kwamen de dag -en avonddiensten het kantoortje binnen en begon Tammy de bijzonderheden af te werken waarna de ene helft van de ploeg naar huis kon gaan en de avonddiensten de verantwoordelijkheid overnamen. Bij het verlaten van het kantoortje merkte Lani op dat er nog hapjes in de koelkast stonden. 'Die kunnen jullie vanavond wel verdelen bij de koffie.'

'Ga nou maar,' zei Mildred, 'wij redden het wel.' Zij zette zich achter het bureau terwijl Joost de gang in liep om de bewoners gezelschap te houden. Aan de tafels in een van de huiskamers zaten er enkelen te dutten. Mevrouw Oostenbrink had zich in een hoekje geïnstalleerd en keek uit het raam. Joost sloeg een blik in haar richting en haalde toen de kopjes en bordjes uit de kastjes boven het aanrecht om ze gereed te zetten voor de avondboterham waarna hij op mevrouw Oostenbrink toeliep. 'En? Hoe is het met u?' vroeg hij haar.

'Goed hoor,' zei de vrouw. Het klonk niet overtuigend. 'Ik kijk naar die kinderen. Kijk eens hoe fijn ze aan het spelen zijn.'

Op de straat voor het tehuis waren een groep kinderen een balspel aan het doen. Hun vrolijke geroep klonk gedempt door de dichte ramen.

'Bent u nog naar buiten geweest vandaag?' vroeg Joost. Het was even stil.

'Nee,' zei de vrouw toen zachtjes. 'Nee, dat gaat niet want ik heb geen sleutel en ze willen mij er niet uitlaten.'

'Maar u had toch samen met mijn collega's kunnen gaan? Er zijn meer bewoners naar buiten geweest vandaag.'

Mevrouw Oostenbrink keek hem aan. 'Ze hebben mij niet gevraagd,' zei ze triestig.

Joost sloeg een arm om haar heen. 'Misschien was er niet genoeg tijd meer,' zei hij. 'Weet u wat? Als ik tijd heb ga ik aankomende week een keer met u naar buiten.'

Mevrouw Oostenbrink keek hem hoopvol aan. 'Mag dat?'

'Natuurlijk. Als het redelijk weer is, kan dat toch?'

'Dat zou fijn zijn.' Voorzichtig streek ze Joost over zijn hand. 'En dan ga jij met mij mee?'

Joost knikte.

Ze dacht even na. 'Kan ik dan naar mijn huis?'

'Nee, dat gaat niet. Dat is te ver,' verzekerde Joost.

'We gaan alleen hier in de buurt wat wandelen … maar dat is toch ook leuk?'

Mevrouw Oostenbrink knikte bijna onmerkbaar. Zwijgend richtte zij haar ogen weer op de spelende kinderen buiten. Joost liet zijn hoofd hangen, toen stond hij op en baande zich een weg naar het afdelingskeukentje waar Joyce al bezig was de thee –en koffiekannen te vullen. Joost begon de koelkast te inspecteren.

'Alles oké?' wilde Joyce weten.

Joost knikte en verdeelde beleg en overgebleven lekkernijen over de karretjes. Hij plaatste er ook wat vla en de melk bij. Joyce keek hem nog eens aan terwijl ze de kannen op de karretjes zette. 'Weet jij of de bedden al klaargemaakt zijn voor vanavond?'

'Dat heeft Mildred geloof ik al gedaan.'

In de broodboxen vond Joyce de nog overgebleven broodjes van het ontbijt. 'Lekker. Ze zijn nog zacht.' Ze pakte er een en deed er een plak kaas tussen waarna ze een flinke hap nam. 'Mmm. Neem ook,' zei ze tegen Joost.

'Straks.' Joost pakte enkele schone theedoeken en legde die over de karretjes waarna hij ze alvast naar de huiskamers reed. Daarna voegde hij zich in het kantoortje bij Joyce en Mildred die, gestoord in haar telefoongesprek, de hoorn had neergelegd. 'Zo,' zei Mildred, 'eerst wat eten,' en liep naar het keukentje om iets te halen.

Behoedzaam trok Joyce mevrouw Vermeulen wat omhoog om haar iets te drinken te geven. Ze stopte een extra kussen onder het hoofd van de vermagerde vrouw en probeerde het tuitkannetje tussen de uitgedroogde lippen van de vrouw te krijgen. Joyce goot een beetje thee de mond in maar het liep er meteen weer uit. 'Toe, mevrouw Vermeulen, even doorslikken.' Joyce probeerde nog een slokje te geven en heel even was er een reactie van de vrouw. Na nog enkele pogingen gaf Joyce het op. Ze dekte de vrouw weer toe en ging terug naar de huiskamer.

'De bedmensen zijn klaar,' zei ze tegen Joost die bezig was de bewoners van het avondmaal te voorzien. 'Alleen mevrouw Vermeulen, die heeft amper iets gedronken.' Ze gooide de restjes uit de tuitkannetjes in de gootsteen. 'Mevrouw Eizinga heeft redelijk gegeten. Zal ik jou verder helpen?' vervolgde ze. 'Ik heb eerlijk gezegd niet zo'n zin om bij Mildred op de huiskamer te staan.'

'Misschien kan je een rondje lopen,' stelde Joost voor. 'Er missen nog een paar bewoners.'

'Schiet 'es op!' riep mevrouw LeBlanc ongeduldig naar Joost. 'We hebben honger!'

Joyce giechelde en liep de huiskamer uit om op zoek te gaan naar bewoners die ook nog hun avondboterham moesten hebben.

'Rustig, mevrouw LeBlanc,' suste Joost, 'na wat u vandaag allemaal heeft gehad, zal dat wel mee vallen.' Hij zette het beleg en de boter op de tafels en begon enkele bewoners te helpen met het brood. Mevrouw Quist zat met een tevreden gezicht haar boterhammen op te eten.

Na enige tijd kwam Joyce met mevrouw Mulder en mevrouw Hellinga aan de arm de huiskamer binnen.

'Deze dames zaten nog prinsheerlijk bij het molentje,' zei ze en begeleidde de vrouwen naar een stoel. 'Zo dames, lekker brood gaan eten.'

Joost had zijn gemak ervan genomen en zat naast meneer Zwartjes om hem te helpen zijn brood te eten. Zelf had hij een kop koffie die hij intussen leeg dronk. Joyce volgde zijn voorbeeld en ging naast mevrouw Quist zitten.

'Ze zijn rustig,' merkte Joost op.

'Ze zullen wel moe zijn van al die drukte. Kunnen ze op tijd naar bed,' zei Joyce. 'Smaakt 't, mevrouw Quist?' De vrouw knikte met een glimlach rond haar mond.

'Mij smaakt het ook,' zei mevrouw Mulder.

'Goed zo, vrouw.'

'Dat ze nog honger hebben,' zei Joost, 'ze hebben zoveel extra's gehad vandaag.'

In een gemoedelijke sfeer werd het broodmaal afgerond. Joost en Joyce brachten enkele bewoners naar De Wiek voor de koffieronde waarna een paar bewoners alvast naar bed werden gebracht.

'Ik mis mevrouw Hinloopen al een tijdje,' zei Joost in het voorbijgaan tegen Mildred.

'Die is uit,' antwoordde Mildred.

'Uit?'

'Ja, dat zei Willie vanmiddag. Ze is met haar dochter meegegaan.'

'Maar, daar is niets over gezegd bij de overdracht.'

Mildred leek onaangedaan. 'Voor zover ik heb begrepen, is ze met haar dochter mee naar huis gegaan.'

Joost trok een bedenkelijk gezicht. Met meneer Dijkstra, die hij had omgekleed in zijn nachtgoed, liep hij naar De Wiek en zette hem daar neer. Vervolgens liep hij naar het kantoortje om de map van mevrouw Hinloopen tevoorschijn te halen. Toen hij daar geen aantekening vond, pakte hij het overdrachtschrift.

'Mildred!' riep hij en liep het kantoortje uit. 'Mildred!'

'Wat loop jij te roepen,' klonk het achter hem. Jurgen was zojuist de afdeling op gekomen. 'Ben je iets kwijt?'

'Jurgen.' Joost zijn stem klonk ongeduldig. 'We missen een bewoner.'

'Wie dan?'

'Mevrouw Hinloopen.'

'O die. Die zal wel ergens zitten.'

Mildred kwam met haar handen vol vuil wasgoed uit de kamer van mevrouw Bakker.

'Mildred, er staat nergens dat mevrouw Hinloopen met haar dochter mee is,' zei Joost.

'Wat bedoel je?' Ze sorteerde het wasgoed over de verschillende zakken van de waskar die op de gang stond.

'Dat er geen notitie van is gemaakt. Jij neemt zo maar aan dat ze met familie mee is gegaan maar je weet het niet eens zeker!'

'Rustig, rustig,' zei Jurgen. 'Heb je al naar haar gezocht?'

Joost bond in. 'Nee, nee dat nog niet.'

'Nou dan. Je kent mevrouw Hinloopen toch, die vindt je op de raarste plekken. Ga nu eerst maar zoeken, ik kijk wel op de Korenmolen.'

'Je kan natuurlijk ook gewoon die dochter opbellen, dan weet je het meteen,' zei Mildred.

'Nee, alsjeblieft zeg,' keurde Jurgen af. 'Laten we nu geen paniek zaaien.'

Hij gebaarde Joost te gaan zoeken en liep zelf naar de Korenmolen. Mildred haalde haar sigaretten uit haar tas en ging naar De Wiek voor de koffiepauze. Joost doorzocht alle slaapzaaltjes en de doucheruimtes. Geleidelijk aan maakte hij zijn weg naar de Korenmolen waar hij Jurgen trof. 'Bij ons is ze niet.'

'Hier ook niet,' zei Jurgen, toch wel bezorgd. 'Ik ga naar boven, als jij dan beneden gaat zoeken.'

Joost ging door het trappenhuis en kwam bij de Welmolen de afdeling weer op. De collega's daar hadden geen vreemde bewoner op hun afdelingen gesignaleerd maar waren behulpzaam bij het zoeken.

'Hebben jullie de nooduitgangen gecontroleerd?' vroeg een collega op een gegeven moment. 'Misschien is ze wel de tuin ingelopen.'

'Nee, dat nog niet.' Joost klonk hoopvol. Hij liep met de collega mee naar een van de nooduitgangen. Ze duwden de deur open en tuurden de tuin in, die niet alleen door de invallende schemering in duister gehuld was. De hoge ommuring van de afdelingen zorgden er tevens voor dat het beperkte stukje natuur al nachtelijk aandeed.

'Ze zal toch niet daar in het donker ronddwalen,' merkte Joost op. Hij liep de tuin in en probeerde iets te onderscheiden.

'Niks te zien,' zei zijn collega die in de deuropening stond te wachten.

'Ik piep eerst Jurgen wel op,' zei Joost. 'Misschien weet hij ondertussen meer.'

Gadegeslagen door enkele collega's van de beneden afdelingen, probeerde Joost Jurgen aan de lijn te krijgen, wat uiteindelijk lukte. Zijn gezicht betrok toen hij de hoorn weer neerlegde. 'Niets,' zei hij en beende het kantoortje uit. 'We moeten de rest van het gebouw doorzoeken.'

'Sterkte!' werd hem nageroepen.

Paul keek vragend naar Mildred toen hij die avond tegen kwart voor elf het kantoortje binnenkwam en de twee agenten zag zitten. 'Mevrouw Hinloopen is zoek,' verduidelijkte ze.

'En wie bent u?' vroeg een van de agenten interrogatief.

'Ik heb nachtdienst,' antwoordde Paul. Hij zag nu ook de vrouw naast Joost en Jurgen zitten, ze had tranen in haar ogen.

'Mevrouw Hinloopen is al sinds vanmiddag niet meer gezien,' zei Jurgen. 'We hebben het hele gebouw doorzocht maar geen spoor.'

' … En?' wilde Paul weten; hij sloeg een vluchtige blik op de vrouw. Joost wilde iets zeggen maar een van de agenten was hem voor.

'Hoogstwaarschijnlijk loopt ze nu in het donker over de straten te dwalen.'

Paul keek zijn collega's ongelovig aan. 'Hoe kan ze nu zomaar de straat op zijn gegaan? Let de receptioniste daar dan niet op?'

'Het was nogal druk vandaag. Waarschijnlijk is ze met een aantal bezoekers meegelopen.'

De vrouw begon weer te snikken. 'Ik had haar ook niet zo maar alleen moeten laten … '

'Mevrouw … ' begon Jurgen.

'Ze wilde met me mee … maar ik zei dat het niet kon … ' Jurgen gaf haar een schone tissue. 'Ik had haar beloofd dat ze weer een keer mee mocht naar huis … ' Ze snoot zachtjes haar neus. 'Ik snap het niet … Dat ze zomaar wegloopt.'

'Mevrouw, ik denk niet dat ze dat bewust heeft gedaan,' zei Jurgen.

'Het is mijn schuld.'

'Mevrouw, het is niemand's schuld,' zei een van de agenten. 'Als u misschien een foto van uw moeder heeft? Dan kunnen we die verspreiden.'

'Ondertussen kijken we wel naar haar uit,' zei zijn collega. 'Het is geen alledaags verschijnsel dat een bejaard persoon met alleen een vest aan om deze tijd buiten loopt te wandelen.'

De gekwelde dochter keek in haar beurs. Achter een portretje van haar man met de kinderen vond ze een oud, verkreukeld foototje van haar moeder.

'Sorry, maar ik heb nu geen betere,' zuchtte ze en gaf het aan de agent.

'Dank u, mevrouw. Dan gaan we nu maar. Hoe eerder we actie ondernemen, hoe beter.'

De agenten lieten de dochter van mevrouw Hinloopen voor gaan. 'Bedankt voor de koffie en u hoort nog van ons.' Jurgen liep mee om de agenten en de vrouw er uit te laten.

'Wat een consternatie,' merkte Mildred op. 'Ik hoop dat ze snel gevonden wordt.'

'Ja, en ongedeerd,' zei Joost zachtjes.

Mildred maakte een laatste notitie in het overdrachtschrift. 'Kom, ik stap maar 'es op. Als ik haar onderweg tegenkom, geef ik jullie wel een seintje.' Ze pakte haar tas en ging naar huis.

'Ga jij ook maar, Joost,' zei Paul. 'Hier kan je toch niets meer doen.' Hij schonk wat koffie in een mok.

'Ik zie haar nog zitten,' verzuchtte Joost, 'vanmiddag toen ik binnenkwam. Ze zat bij het molentje met mevrouw Pronk.'

'Joost, ga nu maar en maak van je hart geen moordkuil.'

Joost stond op en pakte zijn spullen. 'Rustige wacht,' zei hij en liep de gang in. Paul pakte het overdrachtschrift en begon te lezen. Er klonk gerucht in de gang en een moment later stond mevrouw Oostenbrink in de deuropening. Ze was weer uit bed gekomen.

'Ik kan niet slapen,' zei ze tegen Paul.

'Ga maar zitten, vrouw. Ik zal zo wat melk voor u warmen.'

*O*nrustig beende meneer de Bruin heen en weer in het afdelingskantoor toen Roos binnenkwam.

'Sorry dat u moest wachten, maar u begrijpt met de nieuwste ontwikkelingen … ' Ze wees de man een stoel aan. 'Neemt u plaats.'

Meneer de Bruin volgde haar aanwijzing niet op en stak van wal. 'Zoals u weet, hadden mijn vrouw en ik al zo onze vermoedens, of tante wel op haar plaats is hier.'

Roos schonk een kop koffie in en zette het voor hem neer.

' … En we hebben nu besloten haar hier weg te halen … Ja, ik weet wat u gaat zeggen, maar ons besluit staat vast.'

'Meneer de Bruin,' zei Roos op kalmerende toon, 'het gaat toch goed met mevrouw Oostenbrink? Ik heb de indruk dat ze het hier erg naar haar zin heeft.'

IJsberend schudde meneer de Bruin zijn hoofd. 'Wat weet u ervan. Werkt u wel eens met de mensen die hier wonen?'

'Nou nee, dat niet, maar dat wil niet zeggen dat ik niet weet wat er gaande is. Uw tante zit altijd rustig naar buiten te kijken of ze loopt gezellig met de andere bewoners mee.'

'We hebben tante nu een paar maal bezocht en wij hebben de indruk dat ze hier níet gelukkig is.'

'Ja, maar daar kunt u niet op af gaan,' zei Roos verdedigend. 'Iedereen die hier woont, is nu eenmaal uit zijn oude doen. Dat is altijd even wennen.' Ze boog zich in de richting van de man. 'Geeft u het nog even tijd.'

'Wij nemen tante in huis,' zei meneer de Bruin resoluut. 'Dat hebben we zo beslist.'

'Maar meneer de Bruin, weet u wel hoe zwaar het is

om zo iemand thuis te verzorgen? Dat moet u zich wel goed in overweging nemen.'

De man nam plaats op de stoel en keek Roos aan. 'Dat hebben we ook gedaan. We nemen contact op met Thuiszorg en dan kunnen die de verzorging doen.'

'Ja maar, hoe moet het dan overdag als u en uw vrouw er niet zijn? Mevrouw Oostenbrink heeft wel toezicht nodig, vierentwintig uur per dag.'

'Dat komt allemaal wel goed,' haastte meneer de Bruin zich te zeggen. 'Hier wordt ook niet vierentwintig uur per dag op haar gelet.'

'Ja, maar er wel altijd toezicht.'

Meneer de Bruin keek Roos boos aan. '*Dàt* hebben we gemerkt … ' zei hij. 'U begrijpt toch zeker wel dat ik mijn tante, die mij nota bene met veel liefde heeft *op*gevoed, niet langer aan uw zorgen kan toevertrouwen.'

Roos knipperde met haar ogen. 'Dat was een ongelukkige samenloop van omstandigheden,' zei ze op nerveuze toon. 'Dat kan u ons niet aanrekenen … Wij hopen natuurlijk dat ze snel wordt gevonden.'

'U hebt geen reden om u vrij te pleiten.' Meneer de Bruin stond op. 'Het tehuis is verantwoordelijk!'

'Meneer de Bruin, alstublieft. We kunnen hier toch rustig over praten?'

'Ons besluit staat vast,' zei de man. 'We willen tante als het kan vandaag nog mee naar huis nemen.' Hij liep op de deur toe.

'Het kan heel moeilijk voor u worden uw tante nog ergens geplaatst te krijgen als u haar hier nu weghaalt,' probeerde Roos nog een keer.

'Kunt u zorgen dat het papierwerk in orde komt?' vergewiste de man zich met zijn hand aan de deurknop.

De bewoners merkten weinig van de bedrukte sfeer

die bij enkele personeelsleden waarneembaar was. De ouden van dagen met hun gegroefde gezichten bewogen zich als vanouds voort door de gangen. Alsmaar op weg, oneindige wandelingen makend. Langs een molentje, langs kamers waar mensen zaten, op stoelen, in rolstoelen of vastgebonden. Op weg naar niets. Alsmaar verder, langs een ruimte met een bord: De Wiek.

Loes werd geholpen door Tammy om daar de slingers van het plafond en de muren te verwijderen. Toen ze klaar waren haalden ze de versieringen in de gangen van de muren en de plafonds. De foto's lieten ze hangen. Nadat alles opgeruimd was nam Loes mevrouw Stam en mevrouw Idema bij de arm en bracht ze bij De Wiek dat zich langzaam vulde met bewoners. De stoelen waren in rijen gezet zodat de televisie beter te zien was. Mevrouw Zwartjes kwam aanrijden met haar man in zijn rolstoel, ze zette hem zo neer dat hij het tv-scherm goed zou kunnen bekijken. Loes schoof een paar gordijnen dicht om de enkele zonnestraal die naar binnenviel buiten te sluiten.

'Wat wordt 't donker,' zei mevrouw Kuil tegen mevrouw Stam.

'Ja, dat moet even, we gaan zo een film bekijken,' zei Loes. 'Dan kunnen jullie het beter zien.'

Ze deed een DVD in het apparaat en startte de film. Beelden van Hollandse landstreken vulden het scherm, een commentaarstem gaf de nodige informatie. Met haar armen over elkaar stond Loes enkele ogenblikken de bollenvelden te bekijken. 'Mooi hè,' fluisterde ze mevrouw Jaspers toe. De vrouw knikte en wees naar een aantal dieren die nu over het scherm dartelden. Toen de bewoners gefascineerd naar de film leken te kijken, ging Loes alvast thee zetten. Ze sneed de cake en legde de plakjes op een schaal. Het gezicht van Coby verscheen boven de balie. 'Ha, lekker,' zei ze en pakte een stuk cake van de schaal.

'Nou, vooruit, omdat jij het bent,' zei Loes.

Ze keek Coby aan. 'Wat een drama met mevrouw Hinloopen,' zei ze. 'Ik wist niet wat ik las vanochtend. Nou brengt zo'n krant 't wel sensationeel natuurlijk.'

'Tja. Ik moet aldoor aan haar denken,' vertelde Coby. 'Dat arme mens, alleen daar buiten.'

'Je mag God op je blote knieën danken als ze nog heelhuids gevonden wordt,' zei Loes. 'Ze is nu al een dag weg.'

'Praat me er niet van. We hebben nog steeds niks gehoord.' Met haar vinger veegde Coby een paar cakekruimels bij elkaar. Ze draaide zich om, om weer naar haar afdeling te gaan toen ze enkele agenten door de schuifdeuren zag komen. Willem van Wezel was bij hen.

'Politie,' zei Coby tegen Loes. Hun nieuwsgierige ogen volgden de politieagenten die de afdeling Zaagmolen opliepen. Coby ging ze haastig achterna, gespannen nagekeken door Loes.

'Coby. Kan je even helpen met mevrouw Eizinga?' klonk de stem van Tiny.

'Uh, ja, ik kom,' antwoordde Coby, haar ogen op het kantoortje gericht. 'Weten ze al wat?'

Tiny schudde haar hoofd. 'Moet je mij niet vragen.'

'Als er maar niks ergs is gebeurd.'

Tiny pakte een extra kussen uit de linnenberging waarna ze de slaapzaal van mevrouw Eizinga opliepen. Tiny trok de dekens opzij. 'Zo, vrouwtje, we komen je even helpen.'

Voorzichtig trokken ze de netbroek van de vrouw haar billen om de inlegger te verschonen. Het verband was nat geworden van de urine zodat ook dat verwisseld moest worden.

'Wat een joekel van een litteken,' riep Coby uit, 'en al

die enge hechtingen.' Het leek of de huid van de vrouw met een nagelpistool weer aan elkaar geklonken was. Een paarsrode lijn kleurde de huid aan weerszijden van de insnede, bij elkaar gehouden door stalen hechtingen.

Ze rolde mevrouw Eizinga op haar goede zij. De oude vrouw slaakte een pijnlijke kreet. 'Waarom hebben ze haar geen katheter gegeven?' vroeg Coby zich af. 'Martelpartij met verschonen.' Ze plaatste haar hand zo om niet de hechting van de wond aan te raken terwijl Tiny het verband verwisselde waarna ze de vrouw van een schone inlegger voorzag. Daarna dekten ze de vrouw weer toe.

'Klaar hoor,' zei Tiny en keek nog eenmaal naar mevrouw Eizinga wier grijze ogen mat stonden en amper verschilden met de kleur van haar vale gezicht. 'Ga maar weer lekker uitrusten.'

Coby raapte de vuile was bij elkaar en gooide het in de waskar. Samen begaven ze zich toen naar een van de huiskamers. Het was er rustig, de meeste bewoners zaten bij de 'filmmiddag'. Tiny keek uit het raam, buiten was de zon gaan schijnen en zette de omgeving in frisse, heldere kleuren. 'Kijk,' zei ze, 'mevrouw Oostenbrink gaat uit.'

Coby kwam naast haar staan en sloeg ook een blik naar beneden op de straat waar mevrouw Oostenbrink zojuist door haar neef in een auto werd geholpen.

'Welnee, die *gaat*. Haar neef neemt haar mee naar huis. Hij vertrouwt het niet om zijn tante nog langer hier te laten.'

Tiny keek Coby van opzij ongelovig aan.

''t Is echt waar,' verzekerde Coby toen ze Tiny's wantrouwen waarnam. 'Hij was vanochtend bij Roos op kantoor en heeft haar flink de waarheid verteld … Vanwege mevrouw Hinloopen.'

'En jij was erbij?'

Coby maakte het altijd haar zaak precies te weten wat

146

er gaande was in het tehuis maar ze kon niet beweren dat ze alles letterlijk had meegekregen van wat er zich die ochtend op het hoofdenkantoor had afgespeeld. 'Maar mevrouw Oostenbrink's bed is weer vrij. Neem dat maar van mij aan,' besloot Coby.

'En is er nog nieuws over onze *vermiste* bewoonster?' informeerde Tiny zuinigjes. Coby vond de tijd rijp eerst maar even thee te gaan drinken nu de meeste bewoners door Loes bezig gehouden werden.

Meneer Dijkstra liep doelloos door de gang te sloffen, hij was een van de laatste bewoners die nog op was. Hilly was bezig de waszakken met vuile was op te ruimen. De deur van het kleine eenpersoonskamertje waar mevrouw Vermeulen nu lag, ging open en Joost kwam naar buiten. Net voordat Hilly de vuilzak dichtknoopte gooide hij er nog een smerig matje in waarna hij naar het kantoortje liep.

'Zal ik even wat te drinken voor ons pakken?' vroeg de uitzendkracht toen ook zij het kantoor binnenkwam. Er klonk een mompelend antwoord van Joost terwijl hij een telefoonnummer draaide. Toen hij contact had met de persoon aan de andere kant van de lijn legde hij de situatie van mevrouw Vermeulen uit.

Hilly zette een paar mokken neer en schonk er wat koffie in toen Joost de hoorn weer neerlegde. Hij deed wat melk in zijn koffie en roerde het met een trage beweging door de bruine vloeistof; erg zinnenstrelend rook die niet.

'Was er geen sap?' vroeg Joost, maar toen Hilly weg wilde lopen om wat anders te halen gebaarde Joost haar te gaan zitten.

'Het liep lekker vanavond,' zei Hilly. 'De bewoners waren rustig.'

Joost knikte. 'Het scheelt natuurlijk, nu we mevrouw

Hinloopen en mevrouw Oostenbrink niet meer hebben.'
Hij schudde zijn hoofd. 'Ik kan er nog steeds niet bij.'

'Het is ellendig, en voor de familie moet het helemaal
erg zijn.'

'Wat is er *erg*?' vroeg Karin die het kantoortje
binnenstapte. 'Hallo luitjes.' Ze zette haar tas op een stoel.

Joost keek in haar richting. 'Ook goedenavond. Heb
je het dan niet gehoord?'

'Wat?'

'Van mevrouw van Hinloopen.'

'Wat dan?'

'Ze is verdronken.'

'Verdronken?!' Karin keek Joost aan. 'Hoe kan ze nu
verdrinken? Die badkuip hier staat altijd droog.' Ze was
even stil. 'Of hou je me voor de gek?'

'Het is echt waar,' zei Hilly. 'Het stond ook in de
krant, dat ze vermist was.'

'Ik heb al een paar dagen geen krant gezien. Maar hoe
is dat dan gebeurd?' Ze pakte een stoel en ging zitten.

'Gister, op de themadag,' begon Joost, 'is ze
waarschijnlijk met een paar bezoekers meegelopen naar
buiten.'

Karin's mond viel open. 'Maar, de receptioniste let
daar toch op?'

Joost maakte een handbeweging. 'Ze is weggeglipt en
in het park beland. En daar is ze in het water gevallen.'

Karin had Joost met stijgende verbazing aangekeken.
'Maar, had niemand dan wat gehoord, of gezien?'

'Nee, anders was ze misschien wel op tijd gered. Ze
had trouwens een flinke hoofdwond dus ze denken dat ze
eerst gevallen is … '

'God allemachtig.'

' … Een paar kinderen waren daar aan het spelen en
die hebben haar gevonden, vanmiddag, in de vijver.'

'Vanmiddag pas! Heeft dat arme mens de hele nacht in dat koude water gelegen!'

Joost knikte met een wrang glimlachje.

'En waar is ze nu?' wilde Karin weten. 'Hier, in het mortuarium?'

'Nee, ze hebben haar ergens in de stad gebracht. De politie is nog niet klaar met het onderzoek.'

Joost nam een slok van zijn koffie. 'Slechte reclame voor het huis.'

Karin schudde haar hoofd. 'Wat een rotbericht na mijn vrije dagen. Dat arme mens.' Ze schonk zich ook wat koffie in. 'Ze was ook altijd zoekende, hè.'

Hilly had haar urenbriefje ingevuld en stond op om naar huis te gaan.

'Verder nog iets schokkends,' wilde Karin weten.

'Mevrouw Vermeulen ligt slecht, we zijn begonnen met morfine,' zei Joost.

Karin slaakte een zucht.

'De familie weet er van, maar als ze vannacht gaat, wilden ze niet gebeld worden. Dat komt morgenochtend wel, zeiden ze.' Hij stapelde de mappen op en zette ze terug in de kast. 'En mevrouw Oostenbrink is vandaag opgehaald door haar neef. Hij vond het niet vertrouwd haar nog langer hier te laten.'

'Het dunt aardig uit zo,' merkte Karin op. Joost pakte zijn jas van een stoel. ''t Was een rare dag vandaag,' verzuchtte hij en volgde Hilly het kantoortje uit.

'Wel thuis,' zei Karin.

'Dank je. Hou het rustig vannacht.'

Bij De Wiek hadden Chiel en Marjan het zich gemakkelijk gemaakt. De muziek van de tv speelde zachtjes op de achtergrond. Nu en dan liet Marjan, die over de krant gebogen zat, afkeurende geluiden horen.

'Niet al te positief, dat artikel,' zei ze op een gegeven moment. Ze stak de brand in een nieuwe sigaret en vulde de koffiekoppen nog eens bij. Chiel rekte zich uit en reikte naar zijn mok.

'Er valt ook niet veel positiefs over te melden. Het zal je maar gebeuren, denk je dat je ouwe moeder goed onder de pannen is en dan gebeurt er zo iets.'

Marjan blies een grote rookwalm uit. 'Ze is in ieder geval uit haar lijden verlost.'

'Tja,' uitte Chiel met een zuur lachje. 'De zoektocht is voorbij.'

'Misschien is ze wel overvallen,' ging Marjan verder, 'met die grote hoofdwond.'

'Over sensatie gesproken,' zei Chiel. 'Wat moeten ze nou van zo'n oud vrouwtje?'

'Het kan toch, ze liep altijd met die handtas. Het kan best zijn dat een of andere gek dacht dat er veel geld in zat. Een tik op d'r hoofd en *plons* 't water in.'

Chiel moest toegeven dat die mogelijkheid erin zat. 'Maar laten we hopen dat het gewoon een ongeluk was anders zijn de poppen helemaal aan het dansen.'

Hij lurkte aan zijn koffie. Marjan bladerde nog wat in de krant en legde haar toen opzij.

'Ja, het leven gaat door,' zuchtte ze.

Karin kwam de hoek omlopen en vroeg Marjan of ze kon komen. 'Het is gebeurd,' zei ze.

Marjan blies een laatste wolk rook uit en doofde haar sigaret. 'Het leven gaat door, maar de dood ook.'

Ze volgde Karin de gang in naar het kamertje waar mevrouw Vermeulen lag. Een doordringende lijkenlucht kwam hun tegemoet toen ze daar naar binnen gingen.

Andere romans van Caroline Muntjewerf:

Engels
  The Stories
  Return To Les Jonquières
  Bel Amour
  Of Dutch Descent

Nederlands
  Eindhaven
  Van Hollandse Afkomst

Duits
  Holländische Wurzeln

Frans
  Retour aux Jonquières

Schrijf u hier in voor de lezerslijst en ontvang uw **gratis** e-book: https://carolinemuntjewerf.kit.com/

https://cmuntjewerf.com

www.ingramcontent.com/pod-product-compliance
Lightning Source LLC
LaVergne TN
LVHW042151190726
843493LV00006B/1618